贄《にえ》の花嫁

黒い夢と願いの子

沙川りさ

角川文庫
23377

目次

登場人物紹介

イラスト／鳥羽雨

玄永《はるなが》智《とも》世《よ》

20歳。
父親の勧めで
玄永家に嫁ぐことに。
明るくまっすぐな
性格。

玄永《はるなが》宵《しよう》江《え》

内務省の警察部隊で
隊長として働く。
黒曜石のような
美しい瞳を持つ。

玄永《はるなが》来《らい》光《こう》　宵江の兄。家督を宵江に譲り、陰ながら玄永家を支えている。

雨《う》月《づき》忠《ただ》雄《お》　智世の父で、雨月家の現当主。宵江の上司にあたる。

紘夜《こうや》、流里《るり》、茨斗《しと》、十咬《とおがみ》、綱丸《つなまる》

宵江に忠誠を誓う眷属たち。狼の妖。

ああ、ようこそおいでくださいました。

遠路はるばる、さぞお疲れでしょう。どうぞお座りになってくださいな。

お茶でもお飲みになりますか。熱いのと冷たいの、どちらがお好みですか。はい、どうぞご遠慮なく。

――おや、熱すぎる？　これは失礼。私はどうも熱さに疎いものでして。

さぁて、これからお話しするのは、とある一人の男の物語でございます。

涙なしには語れない悲劇、いや思わず腹を抱えてしまう喜劇？　どう捉《とら》えるかは聞き手の皆さま次第。

とある一人の男が、恐ろしい一人の女、悪逆非道の悪鬼羅刹《らせつ》に人生を翻弄《ほんろう》される物語。

さぁ、始まり始ま――

――ん？　窓の外の景色が、見慣れた街並みと違う気がする？

それに何だか嗅《か》いだことのない甘ったるい匂いがするって？

はは、気のせいでございましょう。

ほらほら、そのような些事《さじ》はお気になさらず、この私の声に耳を傾けてくださいませ。

――さぁ、始まり始まり。

第一章　音のない足音

——粘ついた闇だ。

智世《ともよ》は心地悪さに身を捩《よじ》った。

手足をばたつかせても、思ったように動けない。まるで墨汁で満ちた池の中にでも落ちてしまったかのようだ。自分が歩いているのか走っているのか、それともただ立ち止まってもがいているのか、それさえもわからない。

不意に息が苦しくなった。肺、いや、もっと下だ。腹だ——下腹がひどく重く、苦しい。

反射的に、痛い、と感じた。それが本当に痛みだったのかはわからない。ただひどく苦しくて、それを痛みだと錯覚したのかもしれない。

苦悶《くもん》の表情を浮かべ、腹を抱える。粘る闇に動きを阻まれ、屈《かが》み込むこともできない。

と——ぼこん、と悪い冗談のように、急に腹が膨らんだ。

咄嗟《とっさ》に連想したのは湯が沸騰するさまだった。見る間に腹はさらに膨らんでいく。まるで空気を入れて膨らまされているように。このままでは破裂してしまう、と背筋が冷える。息ができない。苦しい。苦しい――

――びしゃ、と嫌な音がした。

腹の膨らみが急に消えた。あまりにも腹が平らに戻ったので、腹を抱えていた両腕が行き場をなくして闇を掻《か》く。

ふと足もとに目をやると、地面が濡《ぬ》れている。

そこが地面なのかもわからない、が、足もとの闇が何か液体にまみれている。

智世は息を呑《の》んだ。見てはならないものがそこにあるような気がしたけれど、見ないままでいるほうがもっと恐ろしい気がして、恐る恐る足を半歩ずらす。

そこには、何だかよくわからないものが落ちていた。両手に載るほどの大きさの、てらてらと光る丸い何かだ。智世は首を傾げ、それをよく見ようと目を凝らす。

――小さな手、が蠢《うごめ》いた。

両手に載るほどの大きさの丸い肉塊から、にょっきりと生えた手が。

その手の隣にはぽっかりと眼窩《がんか》が空いていて、ぬめぬめと鈍く光る眼球が嵌《は》まっていた。

――その眼球が、ぎょろりと智世を睨《にら》んだ。

智世は悲鳴を上げた。

甘い匂いが、鼻先を掠《かす》め、

「――っ!」

智世は飛び起きた。

全身びっしょりと汗をかいている。寝間着の浴衣が肌に張り付いていて、動きづらかったのはこのせいか、とすぐに気付いた。

肩で息をする。やっとたくさんの空気を吸うことができて生き返る心地だった。心臓がばくばくと嫌な速さで鳴っている。

(また、あの夢……)

こめかみから汗が一筋流れ落ちてきて、指先で拭《ぬぐ》う。

近頃、何度もあの夢を見ている。

粘ついた闇の中に囚《とら》われて、苦しみの末に異形の――人間になり損ねた化け物を産み落としてしまう夢。

そして夢の終わりには、決まって甘い香りがするのだ。何の匂いとも言えない、嗅いだことのない香りが。

深く呼吸を繰り返し、心臓の鼓動が落ち着いてきた頃、呼吸音が一つではないことにようやく気付いた。

はっはっ、と傍で小さな音がする。ふと寝台の下に視線を落とすと、何かの拍子に驚いて飛び退いたとしか思えないような不思議な恰好《かっこう》で、綱丸《つなまる》がこちらを見ていた。

「ともよさま」

わぅ、と綱丸が鳴く。その声は智世には、はっきりと幼子の愛らしい声に聞こえる。

「だいじょうぶ？」

舌っ足らずにそう気遣ってくれる。そう言う綱丸のほうはきっと、いつも通り智世を起こそうと寝台に上がり、急に飛び起きた智世にびっくりして、そのまま寝台から落っこちたというところだろうか。

智世は思わず微笑んで腕を伸ばし、綱丸を抱き上げた。

「大丈夫よ。ごめんね、びっくりしたわよね」

わう、とまた綱丸が鳴いて、頬をぺろりと舐《な》める。今の鳴き声は「へいき」だ。

智世はそのまま、しばし綱丸の綿のようにふわふわした体を抱き締めたまま、どこでもない虚空を見つめていた。

瞼《まぶた》の裏にはあの悪夢——智世に伸ばされた小さな手の隣から、まだあの目がこちらを睨んでいる。

＊　＊　＊

帝都東京、日《に》本橋《ほんばし》区の一角に佇《たたず》む玄永《はるなが》家は、広大な武家屋敷の趣を残す大邸宅である。

先代当主の亡き奥方により、内装には舶来趣味の手が入れられ、外観に反してまるで洋館のような雰囲気だ。純和風の中庭の一角には英吉利《イギリス》式の小さな薔薇《ばら》園が設《しつら》えられていたり、深い臙脂《えんじ》色《いろ》の絨毯《じゆうたん》が敷かれた廊下に美しい刺繍《ししゆう》の施された椅子が置かれていて、傍らの窓から見事な枝振りの松の木を観賞できたりと、和洋折衷である。

そんな玄永家の、名目上は使用人頭であるところの玄永茨斗《しと》には今、とあるのっぴきならない悩みがあった。応接室の扉付近に立ち、腕組みをする。

「うーん……」

唸《うな》り声とともに首を傾けると、一つに縛った長い黒髪が尻尾《しっぽ》のようについてくる。

玄永家の一族は皆、狼の妖《あやかし》だ。その髪の色は、獣形を取った時の体毛の色でもある。髪の長さが体毛の長さに直結するわけではないが、茨斗の場合は、狼の姿になった時には、尾の毛が他の狼たちに比べて非常に長い。長毛種の犬の尾に近いのである。髪を切ってもそれは変わらないので、何だか自分の大きな特徴の一つに感じられて、長い間髪は伸ばしたままだ。「遠くから後ろ姿を見れば、顔を見なくても茨斗だってすぐわかる」とは、友人であり瀬戸内《せとうち》に住む狼の妖である瀬漣《せれん》の言である。刀の時代ならばいざ知らず、今は男性であれば髪を短く整えるのが当たり前なので、それはそうだろうとも思うのだが。

ともあれ、その大きな特徴である長い髪をしきりに揺らしながら、茨斗は首をあっちに傾げ、こっちに傾げしている。

「どうしたもんかなー」

するともう応接室の外の廊下を、女中頭の流里《るり》が通りかかった。今日も艶《あで》やかな着物に前掛けをし、美しく化粧を施している。

「どうしたんですか。難しい顔で」

「あ、流里さん。うるさかったですか？」

「別にうるさかありませんけど、置物の山の前で何をそんなにうんうん唸ることがあるのかとは思いますよ」

言って流里は応接室に入り、茨斗の目の前にあるものを覗《のぞ》き込んでくる。

流里の言う通り、茨斗の頭を悩ませているのは、この応接室の飾り棚に並べられている置物の数々だ。訪れた客人を目でもてなそうと、価値のある皿や民芸品の人形などが、一見無秩序に、しかし非常に趣味よくまとめられている。その中には当主と当主夫人が先頃新婚旅行先から買ってきたばかりの、厳島《いっくしま》のしゃもじも飾られている。

「いつも思いますけど、よくもまぁこんな雑多なものをこうも一見綺麗《きれい》に並べたものですね」

「ちょっとちょっと。一見、ってなんか含みがありません？」

茨斗は頰を膨らませてみせる。というのも、この飾り棚に置物を並べているのは、誰あろう茨斗なのである。使用人頭とは名ばかりの彼が、唯一と言っていいほど使用人らしいことができる場でもあるので、置物の配置のみならず、管理から清掃までも張り切ってこなしているというわけだ。

とはいえ、流里の少々棘《とげ》のある口調は、茨斗の長い尾がそうであるように流里の特徴の一つだと茨斗は思っているので、別段本気で怒っているわけではない。それに流里は気心知れた相手とそうでない相手とでは、発する言葉に含まれる棘の種類が違うのだ。自分が流里にとって気を許せる相手であるという証拠でもあるので、本気で腹など立ちようもない。

茨斗は流里の視線を促すように、飾り棚のとある一角を指さしてみせた。

飾り棚の、縦からも横からもど真ん中である位置。茨斗の個人的な意見としては棚の端に置くほうが均衡が取れていてしっくりきたのだが、当主夫人である智世がどうしても端は憚《はばか》られると言って聞かなかったため、ど真ん中に鎮座している、という経緯がある。

それは木製の、はがきほどの大きさの小さな額に入った、三枚の葉だった。目にも鮮やかな、見事な紅葉だ。

智世が新婚旅行先の島の三女神からもらってきた土産であるという。人間である智世はそれを大変ありがたがって、特に丁重に扱ってほしいと茨斗に伝えてきた。使用人たちが何をしようと基本的には口を出さない智世が、珍しくわざわざそう言ったのだ。それなら、と飾り棚の真ん中に、しゃもじと並べて飾った次第である。

ちなみに宵江《しょうえ》は「智世さんのものなんだから、智世さんの部屋に飾ればいいのに」と言っており、茨斗もまったく同意見だった。しかし当の智世が、それは畏《おそ》れ多いと固辞したのだ。三女神の御利益には――智世も後から知ったそうだが――必勝祈願も含まれているらしく、それならば玄永家の皆が見られる場所にあったほうがいい、とも言っていた。

前者の感覚は妖の茨斗にはまったくわからないが、後者の縁起物の御利益云々《うんぬん》の話は何となく理解できる。玄永家の敷地内は玄永一族の住まいであると同時に、帝都の平和を脅かす魑魅魍魎《ちみもうりょう》どもから人間を守るために組織された狼たちの部隊――内務《ないむ》省警保局預《あずかり》公安機動隊『玄狼党《げんろうとう》』の隊士たちの住処《すみか》でもあるからである。

ともかくも、茨斗が指さしたのはその額だった。三枚の紅葉が、本来なら入っているはずの。

流里が目を瞬《しばたた》かせた。

「……一枚、どこにやったんです？」

流里が茨斗を見る。見られたとて、茨斗は肩を竦《すく》めるしかない。心当たりなどないのだから。

「俺が見たときにはもう二枚になっちゃってたんですよ。軽く匂いを辿《たど》ろうとしても、この部屋の外のどこからも匂いなんてしないし。だから、どうしたもんかなーって」

茨斗は少し上を向き、すん、と鼻を鳴らした。イヌ科の獣が匂いを辿るような仕草だ。

そんな茨斗の様子に反して、流里は途端に慌て出す。

「何を呑気《のんき》なことを。智世さんには伝えたんですか？」

「まだです。言ったら智世さん、広島まで謝りに行きかねないじゃないですか。その前に俺が見つければいいやと思って」

でも、と流里も匂いを辿る仕草をする。そのまま一度廊下に出て、すぐにまた戻ってくる。

「この部屋以外から女神たちの匂いはしませんね」

「そうなんですよ。綱丸が悪戯《いたずら》で持ってっちゃったわけでもなさそうで」

「君じゃあるまいし、綱丸がそんな訳の分からない悪戯をするわけないでしょう。とにかく、見つかるまでこのことは智世さんには伏せておくってことですね？　幸い、応接室を使うような予定もしばらくないですし」

流里も智世に関しては茨斗と同じ予測を立てたのだろう。茨斗は頷《うなず》き、両手を顔の前で合わせてみせる。

「そんなわけなんで、見つけたら一番に俺に教えてくださいね。あ、できれば宵江さんと紘夜《こうや》さんにも内緒で。めちゃくちゃ怒られそうなんで」

「まったく……。たまたま通りかかっただけなのに共犯者にされるなんて、今日はついてませんね」

「俺がなくしたわけじゃないですってば！」

はいはい、と茨斗をいなしながら、流里はもう一度額のほうを見た。何度見ても、やはりそこには二枚の紅葉しかない。三女神の匂いはこの部屋だけに充満しているというのに。

流里は首を傾げながら、まだ納得いかないのだろう、鼻を鳴らして匂いを辿りながら応接室を出て、自分の仕事に戻っていく。

納得がいかないのは茨斗も同じである。もう一度部屋を出て、今度は屋敷内を歩き回ってみるが、やはり応接室から遠ざかるごとに三女神の匂いは薄れる一方だ。

とにかく紅葉が一枚なくなってしまったことに智世が気付いてしまう前に何とかしなければならない。そう決意し、茨斗が廊下の角を曲がると、そこに智世がいて、茨斗は思わず飛び上がってしまった。

「わあっ！　びっくりした！」

三女神の匂いに集中するあまり、目の前の気配に気付かなかったのである。実はこれは狼の妖のみならず、鼻が利く獣の妖の間での『あるある』なのだが、そんなことは当然知らない智世は、心臓の辺りを押さえて目を見開いている。

「お、驚いた……！」

智世は今にもへたり込みそうだ。と言うより、目の前でへなへなと座り込んでしまった。茨斗は慌てて手を差し出す。

「すみません。俺多分、足音もしてなかったですよね？」

慌てて言い募る。以前、智世から言われたことがあったのだ。何かに集中したり考え事をしながら歩いていると、茨斗のみならず宵江たちも、足音が全然しなくなると。本人たちにはまったく自覚のないことだったので、言われて「確かに」となったものだ。これもひょっとすると、獣形を取る妖《あやかし》の『あるある』なのかもしれない。

茨斗の言葉に智世は笑い、その手を取った。

「茨斗さん、さては考え事しながら歩いてたんでしょ」

「まーね。俺も考え事することだって、年に一度ぐらいはありますよ」

紅葉のことが頭を掠《かす》めて一瞬冷や汗が出たが、茨斗はいつも通り軽口を叩《たた》きながら、智世を助け起こす。彼女が差し出してきたのが左手だったので、その薬指に光る指輪がよく見えた。

「その指輪、毎日してるんですか？」

何気なく問うと、智世はわずかに頬を赤らめた。

「け、結婚指輪って、そういうものだから」

そのぎこちなさが何だかおかしくもあり、左手を大切そうに右手で包む様子が何だか愛《いと》おしくもあった。智世は茨斗にとっては当主の妻であると同時に、兄弟同然に育った同い歳の幼馴染《おさななじ》みの妻でもあるので、ほとんど妹のようなものなのだ。

「そうなんだ。俺、その指輪ってなんか大事な時とかにだけつけるもんだと思ってました。結婚式とか、他の行事ごととか」

「確かに人間向けの雑誌には、そこまで説明書きはなさそうね」

智世はくすくすと幸せそうに笑う。

「毎日つけない人もいるけど、私は毎日つけたいな」

「宵江さんが傍にいるみたいだから？」

「も、もう、からかわないでよ」

でも、と智世は赤い頬のまま頷く。

「――そう。この指輪をするだけで、心が強くなって、勇気が湧いてくる感じがするの。宵江さんが任務に出ても、書斎に籠《こも》ってても、前みたいに寂しくない。ずっと傍にいるって言ってくれてるみたいで」

茨斗はまったく似たようなことを言っていた宵江の幸せそうな顔を思い出した。それを今ここで智世に伝えたらきっと喜ぶだろう。が、それは自分の役目ではない。宵江が自分の口で伝えたほうが何倍もいいに決まっている。

茨斗は心の中でこっそり笑うにとどめた。


仕事に戻るという茨斗と別れ、智世は足取りも軽く台所へ向かう。書斎で相変わらず根を詰めて仕事をしている宵江に珈琲《コーヒー》を淹《い》れるためだ。

新婚旅行から帰ってきてからというもの、智世には自分の人生がそれまで以上に輝いているように感じられた。玄永家に嫁いできたときにも、宵江たちの正体を知ったときにも感じた、視界が急激に拓《ひら》けていくかのような高揚感だ。二人で手を取り合って何かを乗り越えるたびに自分の人生が輝きを増すのだと思うと、これから先何が待ち受けていようとも怖くないと思える。乗り越えるのが楽しみにすら感じるのだ。

新婚旅行の前と後で大きく変わったことがいくつかある。

まず一つに、智世に毎日指輪を嵌《は》める習慣ができたこと。あれほど、指に異物がずっとついているのは邪魔だろうと思っていたのに、今では逆に指輪をしていないと落ち着かない。宵江も同じように毎日指輪をつけてくれているので、互いの左手薬指を見合っては幸せな笑みを浮かべるところまでが新たな習慣となった。近頃では茨斗に「そろそろいい加減にしてくれません？」と半眼で呻《うめ》かれることも増えてきたが。

次に、智世に新たな趣味ができた。

新婚旅行先で考えていた、楽譜を一冊買ってみる、という目標を、帝都に帰ってきて数日もしないうちに智世は達成した。先生を見つけて本格的に歌を習うことも一瞬考えたが、とにかくまずは好きなように歌ってみることから始めることにした。楽譜を見ながら自己流で歌っていると、次から次へと歌ってみたい曲が見つかり、街に出かけては楽譜を買い足した。この趣味を始めてからまだいくらも経っていないのに、智世の手もとには既に三冊の楽譜がある。嫁いできてからというもの、私物を進んで買うことが極端に少なかった智世からすれば、とんでもない快挙である。

智世がここまで歌にのめり込んだのは、もともと歌うことが好きだったというのもあるけれど、やはり何よりも傍で聴いてくれる人がいるというのが大きかった。宵江は智世の歌に温かい表情で聴き入り、歌い終わるとふわりと微笑んで——目もとを緩めるあの微笑みだ——くれる。そして決まって歌声を褒めてくれるのだ。

自分が好きだと思ってしたことで、世界で一番愛している人が喜んでくれるのが、智世には何より嬉《うれ》しかった。

そして、これが新婚旅行前と一番変わったことだが——智世は思わず顔を赤らめる——そう。夫婦の寝室というものができたのだ。

というよりも、もともと宵江の自室だった場所が、智世と二人で過ごす場所になった。

智世の自室は「一人になりたいこともあるだろうから」との宵江の気遣いにより、今も残してくれている。同じ理由で智世も宵江の自室は宵江のものとして残したいと提案したのだが、宵江のほうが首を横に振ったのだ。

——あなたがいてくれるほうが、俺は安らげるから、と。

そう言われてしまっては、智世はもう反論する言葉を持たない。宵江が一人になりたくなったら智世に正直に言う、という条件つきで、智世は宵江の自室に自らの居場所を移すことになったのだった。

とはいえ宵江は日中は自室よりも書斎で過ごす時間のほうが長いし、任務によっては屯所にずっと詰めていたり、たまには現場に出ることもある。智世も智世で、一度は働きに出たこともある自立した女性である。自室でのほうが捗《はかど》る作業もあるから、まったく自室に戻らなくなったというわけでもない。

それでも、一日を終えて、二人がともに同じ場所に帰ってくるというのは、何とも言えず心が温かくなる。朝まで傍にいられると思うとすべてが満たされる。

こんな幸せがずっと続けばいいのに、と月並みなことを考えてしまうくらいに、智世の毎日は柔らかな幸福に包まれていた。

(……そうなると、やっぱり考えちゃうわよね)

宵江のために台所で珈琲を淹れながら、智世はふと無意識のうちに自分の腹を押さえた。

広島からの帰りの夜行列車の中で見つけた、三枚の紅葉の鮮やかな色を思い出す。大切なものだから箱に入れてしまっておくことも考えたが、それよりは玄永家の家族みんなに御利益があったほうがいいからと、木製の小さな額に入れて、応接室に飾ってもらった。厳島の三女神の数ある御利益の中には――子宝祈願もある。

かの地で出会った小さな子どもや赤ん坊の姿を思い出しては、智世はまだ見ぬ未来の我が子に思いを馳《は》せてしまう。

(宵江さんに似てるといいな。きっとかわいいに違いないもの)

宵江のほうは「智世さんに似ているといいな」と思っているとはつゆ知らず、智世はそんなことを夢想する。

(宵江さんは黒髪だけど、実の兄の来光《らいこう》さんは銀色の髪なのよね。お義父《とう》さまかお義母《かあ》さまが銀髪でいらっしゃるのかしら。もしそうなら、宵江さんと私の子どもが銀髪にな

る可能性もあるってことよね。顔が両親じゃなく祖父母に似ることだってあるんだし)

その銀髪を持つ来光とは、今もって相変わらずあまり仲良くなれてはいない。以前ほどあからさまに敵対視されることはなくなったが、それでも少し複雑な気持ちになってしまう。

(……それまでに、来光さんともっと仲良くなれてるといいな)

子どもが生まれたら、来光はその子の伯父《おじ》になるのだ。よその家から嫁いできた智世と違い、来光とも血の繋《つな》がりが生まれる。

(宵江さんの血を引く子なら、狼の一族の子だもの。きっと来光さんにも認めてもらえるわ)

そう思いはするものの、頭をもたげてくる一つの懸念からは目を逸《そ》らすことはできない。

(人間である私の——異物の血が入ってると判断されなければ、だけど……)

——そうなのだ。人間である智世と、狼の妖である宵江。

二人の子どもが一体どちらになるのか。両方の特徴を併せ持つ子どもになるのか、それとも、どちらかの特徴を強く受け継いだ子どもになるのか。

綱丸の、ポメラニアンの赤ちゃんのような姿が頭をよぎる。

(もし狼の妖の特徴が強く出たら……生まれてくる時、その赤ちゃんの姿がもし人間ではなかったら。

狼の赤ん坊の姿をしていたら。

自分は少しも動揺せずにいられるだろうか。愛玩《あいがん》動物を愛《め》でるようにではなく、人間の赤ん坊を愛するように、その狼の赤ん坊を愛し慈しむことができるだろうか。

……未来の我が子に思いを馳せるとき、幸せな想像と同じくらいに、言いようのない不安に駆られる。

そしてそのたびに、こんなことを思い悩んでしまうなんて、と自己嫌悪に陥るのだ。

自分の子どもを自分の子どもとして愛せるかどうかを、見た目で判断するなんて、と。宵江がいてくれれば何があっても大丈夫だと思う。きっとどんなことも乗り越えていけるし、自分にだって様々な経験を経てそんな強さが生まれたとも思う。それに三女神から賜ったお守りだってある。家の中には智世たちを信じて見守ってくれている大切な家族たちもいる。

それでも、と智世は考えてしまう。本当に、自分にそれができるのか、と。

（……不安に思ったって仕方ないわ！　結局、なるようにしかならないんだもの。もし想像と違うことが起きたとしても、起きたことを受け入れて、一緒に強くなっていくしかない。未来の私にはそれができるって、誰よりも今の私が信じなきゃ）

自分を信じることは、時にとても難しい。誰かに縋《すが》ったほうが遥《はる》かに楽な局面だって多い。

けれど誰かに一方的に縋るのと、互いに支え合うのとでは大きく違う。一人で抱え込んで鬱々《うつうつ》と思い悩む必要なんてない。智世が辛《つら》い時、宵江が支えてくれるのと同じように、もし宵江が辛い思いをしていたら、一番傍で支えられる自分でありたい。何と言ったって、智世と宵江は夫婦なのだから。

この時の智世は、確かにそう考えていた。


芳しく薫る珈琲《コーヒー》をお盆に載せ、智世は宵江の書斎の扉を叩《たた》く。中から、はい、と応《こた》える声は、相変わらず耳に心地好《よ》い。扉を開くと、爽《さわ》やかな風がふわりと頬を撫《な》でた。窓が開け放たれていて、緑の香りのする初夏の空気が室内に満ちている。

宵江は顔を上げてこちらを見た。その目もとが嬉しそうに緩んでいるのを見て、息苦しかった智世の胸の奥も知らず緩んでいく。

「お疲れさま。仕事は捗《はかど》ってる？」

机の上に珈琲のカップを置きながら問う。新婚旅行で一週間も家を空けていた割には、書類が堆《うずたか》く積み上がっていたり、机の上が荒れていたりということもない。留守を守っている間、茨斗たちががんばってくれたお陰でもあり、帝都の平和がそれだけ保たれているという証左でもある。

宵江は頷《うなず》いて、自然な動作で智世の腰を抱き寄せた。こうした接触に、智世は最初こそどぎまぎしてしまっていたが、今はこうして宵江が甘えてくれるのを可愛くさえ感じる。

智世は宵江の肩を軽く抱くようにして、その膝《ひざ》に腰を下ろした。こうして彼の膝に座るときにも、以前は足に力を入れて――そうしないほうが彼が喜んでくれるとわかってはいても――できるだけ体重をかけないように腰を浮かせていたが、今では彼に体重を預けることができている。艶《つや》やかな黒い髪を梳《す》くように撫でてやると、宵江はまるで大きな犬がそうするように、気持ちよさそうに目を閉じた。黒曜石の瞳《ひとみ》を隠す瞼《まぶた》に口づけてみる。下唇に長い睫毛《まつげ》が触れて、何だかくすぐったい。

「……呼吸を分けるのって、瞼でも効果あるのかしら？」

ふと浮かんだ疑問をそのまま口にすると、宵江は目を閉じたまま笑った。今度は彼の呼気が触れた喉《のど》のあたりがくすぐったい。

「わからない。あなたが傍にいてくれるだけでも効果があるから」

神凪《かんなぎ》雨月《うづき》家の娘である智世は、宵江に呼吸を介して力を与えることができる。智世が玄永家の結界の中にいるだけでも少しずつ力を与えることはできるが、宵江の傍にいたり、宵江に触れていたりするとその効果は絶大であるらしい。智世本人にはわからないのだが。

宵江の滑らかな髪が指に気持ちよくて撫でていると、彼は目を閉じたまま、頬を智世の胸もとに預けてきた。途端に智世の心臓が早鐘を打ってしまう。この体勢では、心臓の音は彼に筒抜けではないだろうか。

胸の中の宵江はすっかり心地よさそうに落ち着いてしまっていて、今さら体勢を変えるのも申し訳なく、智世はそのまま固まっているしかない。

知らず手も止まっていたようで、宵江は智世の手に頭を擦《こす》りつけるような仕草をした。それが綱丸の、撫でてくれと智世の手のひらの下に潜り込んでくる仕草にそっくりで、智世は思わず笑ってしまう。

「少し横になる？　お昼寝が気持ちいい季節よ」

智世は書斎内にある長椅子を示す。人ひとりが十分に横になれる大きさで、とても柔らかいのが智世も気に入っている長椅子だ。

すると宵江はゆっくりと目を開いた。黒曜石の瞳が再び現れ、初夏の陽光を受けて煌《きら》めく。

きれいだな、と思う間もなく、智世の視界が大きく動いた。宵江に抱きかかえられたのだ。宵江は長椅子まで移動すると、智世を抱えたまま寝そべった。智世はそのまま宵江の上に寝そべってしまう恰好《かっこう》だ。

「お、重くない？」

抱きかかえられたまま移動した後に今さらだが、つい問うてしまう。

宵江は智世の瞳を見つめたまま答える。

「あなたの重みが、俺は好きだ」

もう、と彼の胸を叩いて目を逸らすと、笑い声が降ってきた。そして薬指に指輪が光る彼の左手が、智世の髪を撫でる。緑と珈琲のいい香りがする部屋で、愛《いと》しい人の体温を感じて。なんて幸せなんだろう、と思った。

穏やかな喜びが、微《かす》かな歌声になって智世の唇から零《こぼ》れ落ちる。宵江は目を閉じて、智世の歌に聴き入っている。自分の歌を子守唄《うた》に心地好く眠ってくれたらいいと、智世は思った。

——結婚に夢を見たことはないけれど。

どんなに夢を見たとしても、今ほどに幸せだとは想像もできなかっただろう。そう思うと、宵江の体温が余計に愛おしく感じられて、思わず抱き締めた。

宵江は智世から力を分けてもらっていると言うけれど、智世のほうこそ宵江から力をもらっている。彼の存在を傍で感じれば、どんなに不安に思っていたことでも吹き飛んで、それを乗り越える力が湧いてくる。困難に見えるようなことも楽しみにすら感じられるような勇気をもらえる。

それから数日間、智世は潑剌《はつらつ》と過ごした。少し遠くまで綱丸の散歩に行って最近新しくできた和菓子屋を見つけたり、十咬《とおがみ》が通う剣術道場の保護者見学に、その日に休みを合わせた宵江と連れ立って出かけ、大いに場を沸かせたりもした。西洋の令息のような見た目の十咬が真剣な眼差《まなざ》しで剣を振るう姿はとても勇ましく、宵江曰《いわ》く、実力も以前に比べて着実に上がっているらしい。同じく保護者見学に来ていた、道場に通う他の子どもたちの姉妹やその母親が、十咬を見て瞳を輝かせていた。

だがその翌日の夜のことだった。入浴を終え、茶でも淹《い》れようと智世が台所に向かっていると、居間の卓の上にチラシが一枚置かれていた。居間には誰もいない。

基本的にこの屋敷の住人たちは、共用部分に私物を置きっぱなしにするということはない。一番置き忘れる頻度が高い茨斗も、その忘れ物は見つけた誰かが回収して彼の部屋に届けている。あくまで玄永家の使用人という立ち位置の彼らは、特に智世の目に触れるところに私物を置かないのだ。

珍しいこともあるものだ、と智世はそのチラシを手に取った。チラシには劇場の名前や、見目麗しい俳優たちの絵姿が掲載されている。どうやら芝居のチラシのようだ。

(ってことは、これ紘夜さんのよね？)

これは本当に珍しい。几帳面《きちょうめん》で細々とした部分まで目を配る性格の紘夜が、こんなところに私物を置き忘れるなんて。

(紘夜さんってどんなお芝居を観るのかしら。今度連れてってもらおうかな)

紘夜は自他共に認める芝居好きで、普段仕事であれほど忙しそうにしているのに、どうやって時間を捻出《ねんしゅつ》しているのか、しょっちゅう芝居小屋に出かけているのだ。その紘夜が観劇を検討している芝居なら、きっと面白いに違いない。

そう思い、智世はチラシを裏返してみた。そこには芝居の筋書きが書かれている。興味を引かれるままにその筋書きを読み――智世は息を詰まらせ、思わずチラシを放り投げた。

そこには、人間と妖《あやかし》との間に生まれた異形の子どもが、人間の世界でも妖の世界でも迫害されて苦しむという、悲惨な半生が書かれていた。

結末は書かれていない。だがチラシにはこちらの不安感を煽《あお》る書体で、悲劇の文字が躍っている。

数日の間忘れていた不安が、巨大な靄《もや》となってこちらを覆い尽くそうとしている。

智世は思わず駆け出した。この場にいるのが怖い。床に落ちたあのチラシの絵姿の——異形の化粧を施した見知らぬ俳優がこちらを見ている。

居間を出る瞬間、誰かとぶつかった。だが智世には立ち止まって一言謝ることもできなかった。とにかく一刻も早く、逃げ出したかった。


居間から駆け出した智世を、紘夜は訝《いぶか》しげに見送った。

ぶつかられたこと自体は別に構わないのだが、普段の智世なら必ず一言謝ってくれるはずだ。ひょっとして体調でも悪いのだろうか、と思ったのだ。

紘夜は夜の習慣となっている居間の点検を始める。主に茨斗が私物をよく置き忘れるので、智世が輿入《こしい》れしてきて以降、彼女の目に触れるに相応《ふさわ》しくないものが転がっていないかを自主的に確認するようになったのだ。

卓の上から長椅子の下、床の隅々まで確認する。そして紘夜は頷いた。

「よし。今日も何もないな。茨斗の奴、やればできるじゃないか」

満足げにそう呟《つぶや》いて、紘夜は居間を後にした。

紘夜が応接室の前の廊下を通ると、応接室の中では茨斗が難しい顔で腕組みをしていた。

「どうした？　妙な顔をして」

問うと、茨斗は肩をびくりと揺らし、あからさまに気まずそうな表情でこちらを向いた。

「……あっちゃ～。紘夜さん」

「よしわかった。聞いてやる。今度は何をやらかしたんだ」

「俺じゃないですって！」

慌てたように言う茨斗を無視し、茨斗の正面にあるものを見る。茨斗が管理を任されている飾り棚だ。ばつが悪そうな茨斗の視線を辿《たど》ると、その先には小さな木製の額が置かれている。宵江と智世が厳島から持ち帰った三枚の紅葉が飾られた額だ。

だが――そこには、紅葉が一枚しかない。

「……なんか嫌な予感がして見に来たら、また一枚なくなってたんです」

茨斗はこちらを窺《うかが》うように言った。また、ということは、既に一枚なくなった段階で茨斗はそれを知っていて、その上で隠していたということだ。茨斗には昔からそういうところがある。隠し事をして、それが大ごとになればなるほど白状したときに余計に怒られるというのに。

紘夜は怒りよりも、呆《あき》れて頭を抱えた。

「なんとなく事情は理解した。さては流里も共犯だな？」

「そうです」

「違います」

冷たい一言とともに流里が割って入ってくる。茨斗は、裏切り者、という表情をしたが、流里は素知らぬ顔だ。

「なくなった一枚がまだ見つかっていないどころか、また一枚なくしたんですか」

「だから俺じゃないですってば！」

「宵江様や奥様にはこのことは？」

紘夜が問うと、茨斗と流里は顔を見合わせ、首を横に振った。

「宵江さんはともかく、智世さんには内緒にしててください。余計な心配かけたくないんで」

茨斗はそう言うや、すん、と鼻を鳴らして辺りの匂いを辿る。

「やっぱりこの部屋以外からはどこからも女神の匂いがしないんですよ。どう考えてもおかしいです。ってことは、これは」

「外部からの攻撃——ですか？」

流里が剣呑《けんのん》に辺りを見回す。紘夜は思わず肩を竦《すく》める。

「一体どこの妖が何の目的で攻撃してきたら、葉っぱが一枚ずつなくなるなんてことになるんだ」

「おや、常に最悪を想定しておくのは重要なことですよ」

「ということは、お前も妖からの攻撃だと頭から信じているわけではないんだな？　流里」

「そうですねぇ、結界を越えてそんなことをしてくる妖にも心当たりがありませんし」

でも、と茨斗はやや神妙な面持ちである。

「念のために魑魅《ちみ》譜と魍魎《もうりょう》譜を確認しておいたほうがよさそうですね。俺、今からちょっと調べてきます」

玄永家の書庫には、山に川に、日本中あちこちに古来棲《す》みつく妖たちの記録が所蔵されている。新たに得た情報なども漏らさず加筆されながら受け継がれてきたから、何かの手がかりにはなるかもしれない。

言うが早いか書庫に向かって駆け出した茨斗を見送りながら、流里はやはり剣呑に辺りを見回している。紘夜も念のため匂いを確認してみるが、応接室から女神たちの匂いがするのみだ。

――そう。紅葉はあと一枚しかないのに、女神たちの匂いがする。

「やはり不自然ですね。何かの術が結界の中に入り込んでいるのだとしても、土蜘蛛《つちぐも》のときのようにその術者である妖の匂いがどこかにするはずなのに、今回はそれがありません し」

流里の言葉に、紘夜ははっとした。

先ほどから流里は、外部からの攻撃だとは言っていたが、それが妖によるものだとは一言も言っていない。

「……妖ではないものが攻撃を仕掛けてきているというのか？　一体誰が――」

「さあ、そこまでは。女神の紅葉を盗んだんだか知りませんけど、それに何の意味があるのかまったくわかりませんしね。目的がわからないんじゃ、犯人の目星なんてつけようもありませんよ」

「……とにかく宵江様に報告してくる。何にせよ、異変が起きていることは確かだからな。杞憂《きゆう》で済むならそれに越したことはないが……」

紘夜のその言葉が、まるで気楽すぎる展望であることを証明するかのように、その場に重い沈黙が落ちた。

――粘ついた闇だ。

智世は心地悪さに身を捩《よじ》った。

手足をばたつかせても、思ったように動けない。まるで墨汁で満ちた池の中にでも落ちてしまったかのようだ。自分が歩いているのか走っているのか、それともただ立ち止まってもがいているのか、それさえもわからない。

不意に息が苦しくなった。肺、いや、もっと下だ。腹だ――下腹がひどく重く、苦しい。

反射的に、痛い、と感じた。それが本当に痛みだったのかはわからない。ただひどく苦しくて、それを痛みだと錯覚したのかもしれない。

苦悶《くもん》の表情を浮かべ、腹を抱える。粘る闇に動きを阻まれ、屈《かが》み込むこともできない。と――ぼこん、と悪い冗談のように、急に腹が膨らんだ。

咄嗟《とっさ》に連想したのは湯が沸騰するさまだった。見る間に腹はさらに膨らんでいく。まるで空気を入れて膨らまされているように。このままでは破裂してしまう、と背筋が冷える。息ができない。苦しい。苦しい――

――びしゃ、と嫌な音がした。

腹の膨らみが急に消えた。あまりにも腹が平らに戻ったので、腹を抱えていた両腕が行き場をなくして闇を掻《か》く。

ふと足もとに目をやると、地面が濡《ぬ》れている。

そこが地面なのかもわからない、が、足もとの闇が何か液体にまみれている。

智世は息を呑《の》んだ。見てはならないものがそこにあるような気がしたけれど、見ないままでいるほうがもっと恐ろしい気がして、恐る恐る足を半歩ずらす。

そこには、何だかよくわからないものが落ちていた。両手に載るほどの大きさの、てらてらと光る丸い何かだ。智世は首を傾げ、それをよく見ようと目を凝らす。

——小さな手、が蠢《うごめ》いた。

両手に載るほどの大きさの丸い肉塊から、にょっきりと生えた手が。

その手の隣にはぽっかりと眼窩《がんか》が空いていて、ぬめぬめと鈍く光る眼球が嵌《は》まっていた。

——その眼球が、ぎょろりと智世を睨《にら》んだ。

智世は悲鳴を上げた。

甘い匂いが、鼻先を掠《かす》め、

「——智世さん！」

体をがくがくと揺さぶられ、智世ははっと目覚めた。

全身汗みずくになって、寝間着の浴衣が体に張り付いている。心臓があまりにも強く速く打っていて、その鼓動が耳もとで聞こえるかのようだ。荒く浅い呼吸を繰り返し、思わず咳《せ》き込んでしまう。丸まったその背中を撫《な》でてくれる手がある。

「……宵、江さ……」

ぼやける視界のまま顔を上げると、窓から差し込む月明かりの下、黒曜石の双眸《そうぼう》がこちらを心配そうに見つめている。背中を撫でてくれる手の速度に合わせてゆっくりと呼吸をし、彼の体温を感じて、智世はようやく落ち着いてくる。

「大丈夫か？　ひどくうなされていたから……」

――嫌な夢を見た。目覚めた今もはっきりと鮮明に覚えている。

だが、言えるわけがない。こちらを心配して、守るように優しく抱き寄せ、背中を撫でてくれているこの優しい人には。

「……大丈夫。ただの、夢だから」

智世は微笑んでみせた。

そう、ただの夢だ。智世があまりに思い悩んでいて、その上あんなチラシなんて読んでしまったせいで見ることになっただけの、きっと一度きりの悪夢。

そう言い聞かせながらも、再び眠りに落ちるのが恐ろしくて、智世は宵江の腕の中でしばらく眠ったふりをしていた。

*　*　*

だが、智世はそれから何度も同じ夢を見た。

粘ついた闇の中に囚《とら》われて、苦しみの末に異形の――人間になり損ねた化け物を産み落とす。そして夢の終わりに、必ず甘い香りがふわりと漂う。

宵江を繰り返し心配させるのが忍びなく、智世は自室に戻って休むことが増えた。

何度も何度も同じ異形の赤ん坊を産んでしまう夢を見たことで、いつしか智世は、自分は宵江との間に将来必ずあの姿をした赤ん坊を産むことになるのだと、急激に信じ込んでしまうようになっていた。

宵江はそんな智世の異変に気付いていたが、何もできずに苦悶していた。

智世が以前から何に思い悩んでいるのかは気付いている。彼女がいくら芯《しん》の強い女性でも、いざ子どもができたとなったときに、腹を痛めるのは彼女だ。妖《あやかし》の一族に嫁に来たとはいえ、彼女は人間である。もし自分の腹から生まれてくる子どもが人間ではなく狼の姿だったら、と不安に思ってしまうのは至極当然のことだろうと思う。

ただ、一つ解せないのは、以前の彼女であればそれを笑い飛ばしたような気がするという点だった。彼女の本質はむしろ、怖《お》じ気づく宵江を奮い立たせ、その手を取って、ぐいぐい引っぱってくれるほうにあるはずだ。こんなに弱気な彼女は彼女らしくない、と思った。

けれど宵江は智世との結婚生活を経て、自分たち妖の価値観やものの考え方は、時に人間――特に女性――と大きく乖離《かいり》していることを学んでいる。それに茨斗が人間の大衆向け雑誌から得た知識によると、妊娠出産を控えた人間の女性は、人が変わったように繊細になったり、あるいは攻撃的になることも珍しくないという。自分の体で命をひとつ育てて外の世界に産み出すという大事業を成し遂げるのだから、当然といえば当然とも言えた。

もしも子どもができたとして、生まれてくるのは人間に近い子どもか、それとも狼の妖に近い子どもか。あるいは半分ずつ受け継ぐのか。それは誰にも、宵江にもわからない。だから口先だけの慰めの言葉などとても口にすることはできず、今はただ彼女の傍にいるしかないのだ。

一つだけ言える確かなことは、どちらでもない異形のものなど生まれてくるはずがないということだ。これは過去に妖と人間が婚姻したいくつもの例からも証明されているし、まして智世は普通の人間ではない。帝都を護《まも》る神凪《かんなぎ》雨月家の人間だ。高位の妖との間に子どもを儲《もう》けて、それが異形になどなろうはずもないのだ。

――だが不幸なことに、宵江は、智世がまさにそのことで悩んでいるとは知らなかった。智世が宵江に打ち明けることを憚《はばか》り、自らの内にのみ抱え込んでいたから。だから宵江はこの具体的な慰めの言葉を口にすることはなく、智世の気鬱《きうつ》が日に日に悪化していく様子であるのをただ傍で見ていることしかできなかった。

普段の智世ならば、きっとどこかの段階で宵江にすべて打ち明けていただろう。そして宵江の力強い言葉に安堵《あんど》し、手を取り合ってまた歩き出せただろう。

しかし――それをするには、もう、甘い匂いが智世を縛りつけすぎていた。

茨斗や流里たちが「智世さん、最近様子が変じゃないですか？」と訝《いぶか》しがる頃には、智世はもうすっかり沈んだ顔で、塞《ふさ》ぎ込んでしまっていたのだ。

二週間前に梅雨入りしてから、その日は朝から空が一番暗く、雨が一番冷たい日だった。

比較的雨を好む雨月忠雄《ただお》も、今日ばかりは少し憂鬱《ゆううつ》だった。初夏の日差しを柔らかく遮る曇り空も、温かい雨が草花を叩《たた》くのも、一年でこの時季を心待ちにする程度には好きだ。だが連日の雨で気温が下がり、あまつさえ遠くの方で雷さえ響いてくるのでは、溜息《ためいき》のひとつも出ようというものだった。

内務省警保局の事務所内のそちこちでもそれは同様のようで、中でも一番大きな溜息を漏らしたのは、娘の夫と同年代の若い職員だ。

「こう雨が続くと参りますよねぇ」

すると年嵩《としかさ》の別の職員が同調する。

「洗濯物が全然乾かないって、家内の機嫌が悪くて困ったものだよ。ま、梅雨の間は妖どもの動きが大人しくなるのだけが救いだがなぁ」

「基本的には野生動物と同じですもんね。本格的に夏が来たら、箍《たが》の外れた妖も出てきやすいから、確かに今はちょっと気を抜ける時季ではありますけどね」

この内務省警保局は、帝都にはびこり人間に対して悪さをする妖どもを討伐する『玄《げん》狼党《ろうとう》』の働きを後方から支えるという役割を持つ。彼らはともにただの人間だが、帝国中でも数少ない、妖が実在しているということを知るのを認められた人材でもあった。

彼らをはじめとする警保局内の職員たちを採用したのが他でもない、組織図上は部長職を務める忠雄である。玄狼党の長《おさ》である宵江とともに、公安機動隊の責任を二分して担っており、その最たる職務は――雨月家当主としての呪《じゅ》の維持である。

初代の雨月家当主によって帝国中に張り巡らされた結界は、代替わりごとに受け継がれ、今は忠雄が守っている。この呪により、妖と行き会った人間は、その出来事自体を夢や幻だと思い、実在するなどとは露ほども思わなくなる。人間と妖が末永く共存するための、双方を守る呪だ。

忠雄は歴代の当主に比べると、限りなく普通の人間に近い。娘の智世は神凪の特徴が強く出て、ある者の影を見れば、それが人間なのか、それとも妖が化けたものなのかがわかる。玄永家に嫁いだことでその異能力は本格的に開花したのだが、忠雄は残念ながらそういった力は持ち合わせていなかった。唯一使えるのが帝国の結界であり、これも呪の効果以上のことはできない。例えば結界内に邪悪な妖が入り込んだとしても、それを察知したりということはできないのだ。

だが――その日、まるで暗く冷たい雨の憂鬱が呼び込んだかのように、忠雄はただならぬ気配を感じた。

それはまるで激しい悪寒だった。何か恐ろしいものが背後にいるような気がして、思わず振り返る。だがそこには見慣れた事務所内の壁があるばかりだ。帝都の地図や様々な書類が掲示された壁。

(——何だ？　今のは)

忠雄は未《いま》だかつて、妖の気配を察知できたことはない。だが宵江や彼の部下たちが敵の気配を感じて振り返ったり、時には飛び退いたりしているさまは何度も目の当たりにしている。今自分の身に起こっていることは、限りなくそれに近いように感じられた。

じわりと脂汗が浮かぶ。事務所内では職員たちが長閑《のどか》に談笑を続けている。誰もこの恐ろしい気配を感じなかったのだろうか。それに——

「雨月部長？」

声を掛けられ、忠雄は我に返った。知らず息を詰めていたらしい。肩で息をしていると、娘の夫である宵江が気遣わしげにこちらを覗《のぞ》き込んでいる。

「どうされました？　お加減が……」

「……いや。それより玄永くん、君は」

宵江は忠雄の言葉の先を待っている。何の異変も感じていない様子で。

——高位の妖の長であり、人間の自分などよりも遙《はる》かに妖の気配に敏《さと》く、鼻が利くはずの宵江が。

「……今、甘い匂いがしたのを感じたか？」

声を潜めたことで、ただならない事態だと察したのだろう、宵江がやや眉《まゆ》を顰《ひそ》め、顔を忠雄の耳もとに近づけてくる。

「いいえ。感じませんでした。どんな匂いでしたか」

「嗅《か》いだことのない匂いだ。沈香《じんこう》のようでもあり、花のようでも……」

だが奇妙だ。もし何らかの妖からの攻撃か何かであるならば、宵江ではなく自分が先に匂いを嗅ぎ分けられるはずがない。

「それに、何かよからぬものの気配が――」

「どちらの方角かわかりますか」

宵江は剣呑《けんのん》に周囲を警戒しながらも冷静に問うてくる。忠雄も彼に引っぱられるようにして平静さを取り戻した。

「……北だ。まだ気配がする。というより、故意にこちらに向かって気配を飛ばしてきているようだ」

「すぐに出動します。ご同行願えますか。俺にはその気配が察知できなくて」

宵江は軍刀を腰に差し直し、すぐに歩き出した。忠雄も頷《うなず》き、警保局内すべてに聞こえる声で告げる。

「緊急事態発生。これより現地調査に向かう」

事務所内に俄《にわか》に緊張が走った。

豪雨の中、忠雄が示す方向へ向かいながら、宵江は内心で焦りを感じていた。

妖である自分が察知できなかった気配。狼である自分が嗅ぎ取れなかった匂い。そんなものが本当に存在するのか。存在するとして、なぜ人間である忠雄にだけ嗅ぎ取れたのか。

警保局内にいた他の人間たちは、まったく異変など感じた様子もなく、いつも通りに過ごしていた。となると考えられるのは、神凪にのみ察知させる目的で発せられた気配であり、匂いであるということになりはしないか。

嫌な予感がどうしても頭をよぎる。考えすぎだと思いたいが、宵江が知る身近な神凪は忠雄の他にもう一人いるのだ。

（──智世さん）

逸《はや》る気持ちを抑えながら、周囲への警戒を怠ることなく北へ向かう。やはり何の気配も感じない。雨で匂いが消えてしまっていることを差し引いても、異常な甘い匂いなど欠片《かけら》も嗅ぎ取れない。

と、忠雄が立ち止まった。宵江が、頼むからここで立ち止まらないでくれ、と内心懇願し続けた場所で。

「……ここだ」

傘など無意味なほどしとどに濡《ぬ》れた忠雄が、呆然《ぼうぜん》と呻《うめ》いた。

宵江の手から傘がばさりと落ちる。

彼らの目の前には──見慣れた、玄永家の屋敷が佇《たたず》んでいる。

宵江は強い雨に晒《さら》されながら、忠雄を見返した。

「……具体的にどの辺りか、わかりますか」

忠雄は周囲を見回し、気配を探るような動作をしたが、やがて頭《かぶり》を振った。

「この屋敷から、ということしかわからない。敷地内のどこかに、気配を飛ばしてきた奴が潜んでいるのかどうかも……」

「わかりました。であれば」

宵江は屋敷を睨《にら》み据えた。

「虱潰《しらみつぶ》しに探します」

一歩を踏み出す。忠雄が固唾《かたず》を呑《の》んで見守っている。

そのとき——視界が反転した。

あまりにも唐突だった。何の前触れも、何の気配も、何の殺気もなく、ただ視界が反転した。

目の前にあるのは変わらず、玄永家の屋敷だ。だが、ある一部は活動写真のように白黒に、そして別の一部は毒々しい極彩色に変わっている。木製のはずの扉が目を灼《や》くような黄色になっているかと思えば、反対に花壇の花々が萎《しお》れる寸前のように色を失っている。まるで発熱で寝込んでいるときに見る悪夢のように、目の前のものがひどく歪《ゆが》んでいる。

まさか——と背筋が冷える。

宵江が気付かなかっただけで、歪みがいつの間にか徐々に屋敷を蝕《むしば》んでいたとでもいうのか。

（一体、いつからだ？　いつから――）

まさか今日に始まったことではなく、もっと前からだったのか。異変と呼べる異変はいつからだったか。必死に思い返す。茨斗から、厳島の三女神からもらった紅葉がなくなったと報告を受けたのは、あれは――

――思考が一瞬停止する。門がわずかに開いている。早く入ってこいと言わんばかりに。

宵江は門に駆け寄り、力任せに開けた。門が開く手応《てごた》えは現実のものと同じだ。色彩だけが歪んでいる。門の向こうには前庭が広がっていて、極彩色の空に向かって白黒の木々が伸びている。

そして屋敷の扉の前に、智世がいた。

白黒の松の木に、まるで嘘のように美しく、両手首を縛られ、爪先《つまさき》が届くか届かないかのところで吊《つ》られていた。

全身の血が煮えたぎった。怒りのままに智世のほうへ駆け寄ろうとするが、見えない壁に阻まれた。その壁を叩《たた》き割ろうと、拳《こぶし》で何度も何度も殴りつける。

智世は目を閉じたまま動かない。生きているのかどうかもわからない。

血走った両の眼で智世を見つめたまま、宵江は壁を叩き続ける。

と――松の木の後ろから人影が現れた。

青年だ。肌が異様に白いのは化粧だろうか。美しいが生気をまったく感じさせないその面立ちは、浄瑠璃《じょうるり》人形を連想させる。だがそれよりも目を引いたのは、男が纏《まと》う、まるで舞台役者のような時代がかった装束だった。それはまるで平安の世の――雨月家譜の絵姿に残された初代当主のような、神凪《かんなぎ》のごとき姿だったのだ。

男はこちらを見て、すっと笑みを刷《は》いた。

白黒と極彩色とが入り交じる世界で、その完璧《かんぺき》な笑みはまるで王のようだった。

「ようこそおいでくださいました」

男は言いながら、智世の首筋を白い指先でなぞった。智世の爪先がぴくりと動く。無事だ。生きている。

宵江は見えない壁に爪を立てた。めきめきと音を立てて、その爪が人間のものから狼のものへと変わっていく。牙《きば》を剝《む》いて、喉《のど》の奥で唸《うな》り声を上げながら、壁を抉《えぐ》っていく。

「おやまぁ、それはさすがに大仕事でしょう。高位の妖《あやかし》といえども所詮《しょせん》は狼でございますね。おお、怖や怖や」

そう言って笑うと、男は智世の首に何かを掛けるような動作をした。いや、実際に何かを掛けている。紐《ひも》か、糸を撚《よ》ったようなものを。それは意思を持った生き物のように智世の首に幾重にも巻き付いた。智世の喉の辺りに、光る紐の線がくっきりと見える。

「……何をする気だ」

呆然と問う。男はただ笑う。

「あなたにいいものをお見せしようかと」

男は何でもないことのように言い、光る糸をなぞるように撫《な》でる。

「呪《じゅ》を掛けました。その特等席から、とくとご覧あれ」

そう告げた、次の瞬間だった。

——ごろり、と重い音を立てて、足もとに転がってきたものがあった。それは見えない壁に阻まれ、——長い髪を振り乱して止まった。

呆然と見開いた視界の端で、吊るされたままの智世の首から下が、真っ赤に染まっていた。

視線を上げることも、下げることもできない。宵江はただ呆然と、目の前の男を見ているしかない。

男は白い顔に笑みを浮かべたまま、こちらに歩み寄ってくる。宵江は避けることも、後退《あとずさ》ることもできない。

あれほど分厚く立ち塞《ふさ》がっていた見えない壁を易々と越えて、男はこちらに手を伸ばしてきた。その冷たすぎる指先がこちらの頬に触れた瞬間、宵江は足の力を失って膝《ひざ》から崩れ落ちた。

男は宵江を追うようにして屈《かが》むと、今度は両手で挟むように頬に触れ、顔を上げさせた。視界の端に松の木が映り込む。

吊るされていたはずの智世の体は、首を失ったその体は——ない。なくなっている。

視線だけを地面に落とす。何もない。

体が震える。喉の奥が痙攣《けいれん》している。その震えを、まるで宥《なだ》めでもするかのように、
男は頬を寄せてきた。そして耳もとで囁《ささや》いてくる。

「あなたの中の、玄永——雨月智世に関する記憶を差し出しなさい。そうすれば、今あ
なたが見た未来は避けられる」

未来。血まみれの体が脳裏に焼き付いている。

そして足もとに転がってきた、——智世の頭部も。

「これを拒否するなら、雨月智世の命はありません」

白黒の世界で、極彩色の世界で、首を失った智世の姿が明滅する。

震えが止まらない。喉が痛むほど渇いている。

「俺が……智世さんを忘れさえすれば、智世さんは助かるのか」

「ええ。手は出さないと約束しましょう」

宵江は渾身《こんしん》の力で男の胸ぐらを摑《つか》んだ。目の前の男の言葉が嘘であろうと真実であろ
うと、今縋《すが》る先はここしかない。

「くれてやる。俺がすべてを忘れようと、智世さんが生きていてくれさえすれば、俺は
——」

「はい。確かに承りましてございます」

男は笑顔のまま、宵江の頭を片手で摑んだ。冷たすぎるその手のひらが、およそ人間

とは思えないほど、こちらの頭蓋骨《ずがいこつ》を粉砕せんばかりの力を込める。

そして――この歪んだ世界の始まりと同じく、また唐突に、視界が反転した。

宵江は一人、元の場所に立っていた。

暗い、さっきまでよりももっと暗い空から、強い雨が降っている。見慣れた玄永の屋敷が目の前にある。

その色彩のどこも歪んでなどいない門を開くと、音を聞きつけたのだろう、屋敷から茨斗が飛び出してきた。

「あっ！　帰ってきた！」

茨斗は慌てて一度屋敷内に引っ込み、手ぬぐいを掴んでまた飛び出してくる。自分はずぶ濡《ぬ》れになりながら、手ぬぐいを宵江の頭の上にかぶせ、強く手を引く。

「雨月部長からいきなり宵江さんの姿が消えたって聞いて肝を冷やしましたよ。家に入ってあったまったら、どこにいて何をしてたのか報告してくださいね」

そうだ、と宵江はようやく思い至る。自分は雨月忠雄に連れられて、よからぬものの気配の調査のためにここまで来たのだ。否、帰ってきた、のほうが正しいか。

「雨月部長は……」

「ここにいてもらっても仕方ないから、ひとまず警保局に戻ってもらいましたよ。無事でしたって後で連絡入れないと」

「そうか……」

宵江は思わず黙り込んだ。

雨月忠雄の言う気配を追ってここまで来て、敵の領域内と思《おぼ》しき場所に踏み込んでしまったらしいことは覚えている。

だが、そこで何と行き会ったのだったか。

領域を行き来したことで、一時的に記憶があやふやになってしまっているのだろうか。報告を上げるまでの間にきちんと思い出しておかなければならない。

だが屋敷内に入るや、宵江は困惑して立ち尽くしてしまった。

見知らぬ若い女性が玄関に立っていたのだ。そして今にも泣き出しそうな顔でこちらを見ている。

「無事でよかった……！」

その女性はなぜか履き物も履かないまま上がり框《がまち》を降りてきて、こちらに抱きついてきた。完全に虚を衝《つ》かれた宵江はされるがままになってしまうが、我に返って慌てて女性を引き剝《は》がす。

困惑したまま女性を見下ろすが、女性はこちらを見つめたまま何も言わない。宵江はついに茨斗に助けを求めた。

「茨斗、その……こちらの方は？」

「え？」

茨斗が目を丸くする。

「何、どういう意味？」

どういうも何も、と思いながら答えようとして、宵江は不意に、目の前の女性がわずかに後退ったことに気付いた。

「……そのままの、意味だ」

　おずおずと答える宵江の言葉に、女性の目がみるみる見開かれていく。

　宵江は自分のずぶ濡れの姿を思い出し、口を開いた。

「お客様の前で、このような姿で申し訳ありません。……お名前をお伺いしても？」

　宵江が余所《よそ》行きの表情でそう告げたとき、智世は——反射的に、殊更に微笑んでみせた。

　咄嗟《とっさ》の防衛反応だったのかもしれない。何かはわからない何かから、心を守るための。

「……雨月智世と申します！」

　明るく聞こえるようにそう言って、軽く会釈する。思った通り、宵江は雨月の名に少しほっとしたような顔をした。

「雨月部長のお嬢様でしたか。玄永宵江と申します。このたびはご心配をおかけし申し訳ありません」

　宵江も会釈を返してくる。どうやら父親を心配して玄永の屋敷までやってきたと思い込んでいるようだ。

智世は心に生まれかかっている暗いものを必死に抑え込みながら、笑顔での会話を続ける。

「さっきはごめんなさい。つい気が急《せ》いて、父と間違ってしまいました」

「いえ。それより、雨で濡れてしまったのでは。――茨斗」

宵江は茨斗に向かって、智世を目顔で示した。水気を拭《ぬぐ》うなり何なり世話をしろと言っているようだ。茨斗は何とも言えない表情をした後、取り繕うような笑顔を浮かべて智世のほうに向き直った。

「それじゃ行きましょうか、智世さん。あっちの応接室でお茶でも出しますよ」

ありがとうございます、と明るく絞り出した背中を、茨斗の手が包み込むようにして押してくれる。倒れ込みそうになりながらも、導かれるまま何とか応接室のほうへ向かう。今、智世が向かっても一番不自然でないであろう場所へ。

応接室へと続く廊下の前で、様子を見ていたのであろう流里に紘夜、十咬が気遣わしげにこちらを見ている。茨斗は彼らに智世の身を託して、宵江のいる玄関のほうへと戻っていった。

流里たちに両側から支えられるようにして、何とか応接室へと辿《たど》り着いた途端、智世は長椅子に倒れ込んでしまった。流里が隣に座り、沈痛な面持ちで智世の背中をさすってくれる。向かいの長椅子に腰を下ろした紘夜も十咬も、動揺を隠せない様子である。

「……智世さん。あの場でよくがんばりましたね。立派でした」

流里のその言葉に、堪《こら》えていた涙が溢《あふ》れてくる。

――宵江の姿が突然消えた、と父が血相を変えて玄永の屋敷に飛び込んできたときから、ある程度の覚悟はしていた。否、常日頃から覚悟はしていたつもりだった。宵江たちがいつか大きな戦いに巻き込まれてしまうこと、それにより怪我を負ってしまうこと。――時にはそれ以上の事態になってしまう可能性も無論、考えたことはあった。

だが。

私、と嗚咽《おえつ》交じりに声を上げる。

「しょ、宵江さんに、二度と、思い出してもらえないんでしょうか」

言葉にするとその恐怖が身に迫って感じられて、体を強《こわ》ばらせてしまう。それを感じ取ったのか、流里も背中を撫《な》でる手にほんの少し力を込めた。

「これはきっと敵の攻撃です。宵江さんは恐らくそのせいで、あなたに関する記憶を失ってしまっている。敵を見つけ出して、倒さなければなりません」

しかし、と紘夜が流里に言う。

「茨斗が言っていただろう。魑魅《ちみ》譜にも魍魎《もうりょう》譜にもそれらしき妖《あやかし》の情報はなかった。敵が何なのかをどうやって探る？」

「攻撃を受けたということは、宵江さんは敵と接触したということです。宵江さんから聞き出すしかないでしょう」

するとそこへ茨斗が駆け込んできた。首を横に振りながら告げる。

「駄目だ。宵江さん、何も覚えてないって」

「敵の姿もか？」

「敵の領域に踏み込んだことは覚えてるけど、そこで何を見たのか全然覚えてないんだって」

紘夜が頭を抱え、流里が嘆息する。十咬は膝《ひざ》の上で両手を握り締めた。

「とにかく僕、智世様を客分として智世様のお部屋に滞在させてもらえるよう、宵江様に頼んできます。いつまでも応接室にいていただくわけにはいきませんし」

「ええ。頼みます」

流里が頷《うなず》き返すと、十咬はすぐに応接室を飛び出した。智世はその背中を目で追い――ふと、飾り棚に目を留めた。

厳島の三柱の女神から賜った、ご加護が込められた三枚の紅葉が入っているはずの木製の額。それが、空になっている。

智世の視線の先が何なのかを悟ったのか、茨斗たちは揃って慌てた顔をした。

「あーっと、智世さん、これはその」

「……三枚目もなくなったのか⁉」

紘夜が思わず声を上げ、流里が、馬鹿、と舌打ちする。

だがそんなやり取りも耳に入らないほど、智世の目は空っぽの額に釘付《くぎづ》けだった。

――厳島神社の三女神の御利益は、必勝祈願、縁結びに夫婦円満、そして――子宝祈願だ。

その紅葉がなくなっている。あるのは空虚な四角い穴だけだ。

「……私」

智世はぽつりと口にした。

三女神の加護まで失ってしまった。

――異形の化け物を産んでしまうかもしれない自分の傍にいるよりも。

「このまま宵江さんを……解放してあげたほうが、あの人を幸せにしてあげられるのかも……」

声を上げたのは茨斗だった。

「何言ってんですか⁉ あーもう、この頃智世さん変ですよ！ 前の智世さんとはまるで別人みたいじゃないですか！」

茨斗はつかつかと歩み寄ってきて、智世の両肩を摑《つか》む。

「いいですか。あなたは宵江さんの初恋の人で、宵江さんが一番愛してる人なの！ わかる⁉ 伴侶《はんりょ》って生涯をともにする相手なんじゃないんですか⁉」

そうだ。智世だってそうでありたいに決まっている。そんなこと、当たり前ではないか。

けれども、宵江を心から愛しているからこそ、我を通すことが必ずしも幸せな結果に繋《つな》がらないこともきっとあるのだ。宵江は妖《あやかし》で、自分は人間なのだから。

「前の智世さんなら、宵江さんの記憶が戻るように全力でがんばるって感じだったのに！　一体どうしちゃったんですか!?」

静かにほろほろと涙を流す智世に、更に言い募る茨斗を、今度は流里が押しとどめた。

そして首を横に振る。

「少し前から智世さんの様子がおかしいのは確かですが、今は大変なことがあった直後なんです。今だけでもそっとしておいてやってください」

「でも……！」

「茨斗」

今度は紘夜が首を横に振る。茨斗はぐっと言葉を詰まらせ、深い溜息《ためいき》とともに部屋を出て行った。「頭冷やしてきます！」と言い残して。

応接室に静寂が満ちた。

空っぽの額から、何だか甘い匂いが漂ってきた――気がした。

第二章　襲撃

その夜、十咬の計らいにより自室に戻ることはできたものの、智世の心は少しも落ち着きはしなかった。

絶えず暗い波に呑《の》み込まれそうでありながら、同時にひどく凪《な》いでもいる。敵を討伐するのが任務である以上、玄狼党の隊士たちは誰しも常に、敵から攻撃を受ける危険に晒《さら》されている。その攻撃の形が今回は思いもよらないものだったというだけだ。怪我をさせられたり、病に罹《かか》らされたりするのでなくてよかった、宵江が苦しむ姿を見なくて済むだけましではないか、と。

そう――智世さえ、耐えれば済む話なのだ。茨斗の話によれば、宵江の中から消えてしまっているのは、智世と敵に関する記憶だけだというのだから。

(私さえ、耐えれば)

宵江は以前と変わらない生活を送ることができる。

――智世と出会う前の、智世のいない世界で。

妻が異形の子どもを産み落としてしまう可能性などない、何の心配もせず安穏と暮らせる世界で。

凪いだと思った次の瞬間には、また闇の色をした波が智世の心を呑み込もうと襲ってくる。

智世は寝台に横になった。ひどく瞼《まぶた》が重い。鼻の奥に、甘い匂いが染みついている気がする。意識が朦朧《もうろう》としてくる。

扉の外、とても低い位置から、かりかりと控えめに爪を立てる音がする。くぅん、と鼻を鳴らすような声も。ともよさま、と心配そうにこちらを気遣う綱丸の声だ。

（……綱丸……）

ごめんね、と口の中で呟《つぶや》く。今はとても顔を見せられない。余計に心配させてしまうだけだ。それに――あんなに優しい温《ぬく》もりなのに、今は傍にいてほしくない。一人でいたい。

刻一刻と自分が自分でなくなっていく感じがした。智世自身の思考のはずなのに、智世の手から離れていくような。

（……でも、それもいいのかもしれない）

自分の半身とも呼べる最愛の人に忘れられてしまったのだから。それは畢竟《ひっきょう》、智世が智世でなくなったようなものなのだから。

瞼が沈む。甘い匂いから逃れられない。智世は抗《あらが》わず、目を閉じた。

もう、目覚めなくても構わないとさえ思いながら。

──その瞬間だった。

世界が漆黒の闇に包まれた。

「──智世さん！　智世さん!!」

どんどんどん、と扉を激しく叩《たた》く音とともに、茨斗の切迫した呼び声が響く。

智世は飛び起きた。が、もしかして自分はまだ目覚めていないのではないかと思った。目を開いているはずなのに、目を閉じていたときよりも深い暗闇が視界いっぱいに満ちているのだ。

土蜘蛛《つちぐも》の一件を思い出し、咄嗟《とっさ》に目もとが何かで塞《ふさ》がれていないかを手で触って確認する。が、何もない。ただただ闇に閉ざされているのだ。真夜中にすべての照明を落としたとしても、帝都ではこんな完全な暗闇にはならないはずなのに。

「智世さん、起きて！　出てきてください！」

何が何だかわからないまま、恐る恐る寝台を降りて扉の方向に向かって手探りで歩き始める。日頃から部屋の中は整頓《せいとん》していたつもりだったけれど、いざ視界が奪われると、家具の角に何度もぶつかってしまう。

すると茨斗が扉の外から焦《じ》れた声を上げた。

「ああもう、開けますよ！　非常時なんで非礼は許してくださいね！」

言うが早いか、扉が外から開かれた音がした。だが扉の外も闇だ。一筋の光も差し込んでこない。

「茨斗さん、そこにいるの？　何も見えなくて……！」

「俺たちも夜目が辛うじてって状態です。二メートル先は見えないって感じですね」

茨斗の声が近づいてきて、智世の手首を掴んだ。姿が見えない分、反射的にびくりと体が震えてしまう。それに気づいたのだろう、茨斗は自分の尻尾《しっぽ》のように長い髪の先で智世の手の甲をくすぐる。

「大丈夫。俺ですよ」

どこかおどけたような物言いに、ようやく智世の強張《こわば》りが解ける。

「茨斗さんからは私の姿は見えてるのね。こういうとき、狼の妖がうらやましくなるわ」

「俺もこういうとき、自分が狼の妖でよかったって思います」

「一体何が起こってるの？　ただの停電、ってわけでもなさそうね」

多分、と茨斗が声に緊張を滲《にじ》ませた。

「攻撃を受けてます。この家、いや──多分、玄永の敷地丸ごと」

と、その時、足もとをふわふわしたものが掠《かす》めて、智世は思わず反射的に悲鳴を上げた。茨斗のほうは平気そうな声だ。

「あ。綱丸」

「綱丸!?　どこにいるの？」

智世は思わず足を強ばらせた。下手に動いては小さな体を踏み潰《つぶ》してしまいかねない。

「ろうそく」

足もとから犬が小さく唸《うな》るような声と、幼い子どものような声が同時に聞こえた。

「蠟燭《ろうそく》？　――ああ。俺ってばうっかりしてた。俺たちはともかく智世さんは、何も見えないんじゃ怖いですよね」

ありがと綱丸、と茨斗が屈《かが》む気配がして、マッチを擦る音がした。小さな火が灯《とも》り、茨斗と綱丸の姿が浮かび上がる。茨斗はマッチの火を、綱丸が咥《くわ》えていた蠟燭に灯す。

ようやく智世はほっと息をついた。どういうわけか蠟燭の大きさに比べて炎がひどく小さく頼りないけれど、仲間たちの顔が見えるというだけでこんなにも心強い。

が、茨斗は難しい顔で、蠟燭の小さな炎を見つめる。

「闇に邪魔されてるな……」

「え？」

「明かりが闇に無理やり押し留《とど》められてる感じがします。この分じゃすぐに――」

茨斗が言い切る前に、蠟燭の炎は何の前触れもなくふっと消えてしまった。

「……消えると思います、って言いたかったんですけど」

「これも攻撃なの？　何者かが私たちを暗闇に閉じ込めようとしてる？」

「恐らくは。犯人の正体も、目的もなんにもわかりませんけど」

とにかく、と茨斗が智世の手を引いた。

「一旦《いったん》みんなのところへ行きましょう。敵がわからない以上、バラバラにいないほうがいいです。こういうときは居間に集合する決まりなんで」

智世の足が思わず止まる。——みんなのところ。

「……宵江さんも、そこにいる？」

「どうだろ。離れのみんなを一箇所に避難させるために駆け回ってるかも」

智世は頷《うなず》いた。闇にすっかり呑み込まれ、かえって頭が冴《さ》えてきたように思う。暗闇のお陰で開き直った、とでも言うべきか。

闇の中に隠れていられる間なら、普段ならばできないこともやる勇気が湧いてくる気がする。

「わかったわ。私も手伝う。目が利かないからできることは少ないかもしれないけど、指示してもらえればその通りに動くわ」

茨斗が小さく笑った声がした。

「その意気です。それじゃ、ちょっと失礼しますね」

え、と智世が聞き返す暇もなく——茨斗が智世を横抱きに抱き上げた。

「この方が早いし安全なんで。しっかり掴《つか》まっててくださいね！」

茨斗がそのまま勢いよく駆け出し、階段を駆け下り始めるので、智世は声を上げる余裕などないまま、茨斗に言われるまでもなく首にしがみつくしかなかった。

「かいだん、きをつけてね」

横をころころと走ってついてきているのであろう綱丸が、赤ちゃんながらにこちらを心配してくれているのがいじらしい。

　さっきはなぜ——と智世は自分の行いを改めて不自然に思う。なぜ自分は、心配して様子を見にきてくれたこんな優しく愛《いと》しい子を、無視するような真似ができたのだろう。

　ずっと鼻の奥に残っていた、あの甘い匂いが、今は消えている。

　随分久しぶりに頭の中が冴《さ》え冴《ざ》えと明瞭《めいりょう》になっているようだ。まるで夢から覚めたような感覚である。こんな感覚はいつぶりだろうか。

「そうだ。宵江さんには、私は雨月家から派遣された助っ人ってことにしておいてね。ただのお客が家の中をうろうろしてるって思わせちゃったら、いらない心配をさせるかもしれないから」

「え？　十咬は自分の住み込みの家庭教師って説明したみたいですけど」

「宵江さん、それで納得したの？」

「雨月家は玄永家と関係が深いですから。雨月家のお嬢さんが玄永家の未来を担う少年の家庭教師ってのは、まぁあながち的外れなことでもないですよ。十咬が玄永家の未来を担うのかどうかは別として」

「それなら、今はそれでもいいわ。十咬くんの家庭教師ってことにする。ただでさえ記憶のない宵江さんを混乱させるのも可哀想だものね」

　するとなぜか、茨斗は小さく笑った。

「なぁに？」

「いえ。やっぱり智世さんはこうじゃないとなーって思って」

階段を降りて居間の扉を開く前に、茨斗は智世を下ろしてくれた。茨斗が扉を開くと、中から微《かす》かな光が漏れる。卓の上に載せられたカンテラの明かりだ。さっきの蠟燭と同じく、カンテラの大きさから考えたらその炎は驚くほど頼りない。

「奥様！　よかった、ご無事で」

紘夜と十咬が安堵《あんど》した顔で腰を浮かせた。流里もカンテラを智世のほうに掲げてくれる。

「離れで暮らす者たちの避難は終わりました。皆、この屋敷の大広間に集まっています。僕らの部下たちが守っているので、ひとまずは心配ないかと」

「宵江さんは？　無事ですか？」

智世が問うと、流里は一瞬わずかに驚いた顔をしたが、すぐに小さく笑みを浮かべた。

「逃げ遅れた者がいないか、離れのほうに確認に行っています。我々はここで一旦待機するようにとの命令です」

流里も紘夜も軍刀を腰に帯びている。よく見れば茨斗もだ。

十咬は綱丸を守るように抱き上げて、少年らしい丸い頰を引き締め、辺りを警戒している。

茨斗は智世を守るように流里たちのほうへ押しやり、自分は扉の前で警戒の態勢を取る。そして眉《まゆ》を顰《ひそ》めた。

「この攻撃が何の意味を持つのか、そもそもこれが攻撃かどうかすらわかりません。いっそのこと敵がもうちょい踏み込んできてくれたら、こっちも対策のしようがあるんですけどね」

――攻撃。敵。

智世はふと――気づいた。

「……今の状況がもし敵からの攻撃だとしたら、宵江さんの記憶を奪ったのと同じ敵だって可能性があるってことよね?」

「ええ、その可能性は高いでしょうね」

流里が神妙に答える。

だからこそ、智世の背筋が冷えた。

「……そんな敵の攻撃の渦中に、どうして宵江さんを一人で行かせたの?」

わかっている。こういう時に一番危険な役割を背負ってこその長《おさ》なのだと。

だが普段の茨斗たちなら、こんな非常時に宵江を一人で行かせるはずがない。誰かが代わりに「自分が行く」と申し出たり、宵江に同行したりする人たちのはずだ。彼らは一つの組織である前に、家族なのだから。

それに思い至ったのだろう、茨斗が冷や汗を垂らした。

「そういえば……俺たち、宵江さんを置いてなんでここに……」

流里が息を呑《の》む。

「宵江さんにここにいろと命じられたとき……僕らは何をしていました？　頑《かたく》なに命令を守らねばとばかりに、誰も宵江さんを止めなかった。そしてそのことに何の疑問も抱かなかった」

「そして、馬鹿正直にこの部屋の中に……」

紘夜も呆然《ぼうぜん》と呟《つぶや》く。

そもそも、と茨斗が軍刀の柄《つか》にかけた手に力を込める。

「俺が智世さんを迎えに行ったのも、綱丸に声をかけられて我に返ったからです。まるで夢から覚めたみたいに――そうだ、智世さんを助けなきゃって。普段なら誰に言われるまでもなく真っ先に思いつくことなのに」

――夢。

智世は息を呑んだ。知らない間に喉《のど》がからからに渇いていて、嚥下《えんげ》にわずかな痛みが伴う。

「もしかして、みんな……そのとき、甘い匂いを嗅《か》いだ？」

え、と茨斗たちが揃って智世のほうを見る。

智世は不意に、次々と様々なことを思い出し始めた。どうして今まで気づかなかったのだろう。思い返してみれば、不自然なことはたくさんあったのに。

「私も何度も悪夢を見たの。そしてその悪夢に引っ張られるみたいに、自分の悩みや不安がまるで現実のことみたいに大きくなって押し寄せてきて、頭の中がそのことでいっぱいになって、だんだん自分が自分じゃないみたいに感じられて……」

そして、と智世は胸の前で拳《こぶし》を握りしめた。

「その悪夢の終わりにはいつも、甘い匂いがしたの。それに」

そうだ。そしてあの三女神の紅葉。

「女神様たちから頂いた紅葉がなくなったあの額からも、まったく同じ匂いがした……」

言いながら智世は、厳島で水神・山櫻《さんおう》に出会う前、何者かに操られるように躍起になって弥山《みせん》を登らされたことを思い出した。あれはきっと山櫻か、あるいは猿鬼《さるおに》が、智世を神域の入り口に導くためにかけた術だったのだ。術にかけられている間は、それが術だなどとは思いもよらなかった。間違いなく自分の意思によってその行動を選択したと思っていた。それなのに後から思い返せば、どう考えても不自然な行動だったと気づくのだ。

今回のこれも、あの時の状況に酷似してはいないか。

「何者かが、智世さんや俺たちに術をかけた……？」

言って、茨斗は匂いを嗅ぎ分ける仕草をする。

「甘い匂いってのはわかりませんけど、その線は確かにあり得そうですね。ここ最近の智世さんは誰が見ても様子がおかしかったし、さっきの俺たちだって」

「もしそうなら、早く宵江様を助けに行かなければならないんじゃないのか。一人で行かせたのは完全に敵の思う壺《つぼ》だ」

「そうやって僕らが後を追うことこそ、敵の狙いかもしれませんよ。宵江さんを餌に僕らをおびき寄せる算段かも」

一体誰がどんな目的を持てば、そんなことをしなければならない事態になるのか。

だが敵の正体も目的も何もわからない以上、今わかることを一つずつ潰《つぶ》していくしかない。茨斗たちもそれはわかっているのだろう、苦々しい表情だ。

「とにかく俺たちが今追うべき手がかりは二つですね。唯一敵と接触したであろう宵江さんと、智世さんが嗅いだっていう甘い匂い」

「その匂いってのが気になりますね。なぜ鼻の利く僕らではなく、人間である智世さんだけが嗅ぎ取れたんでしょう？」

もしかすると、と紘夜が顎《あご》に手を当てる。

「女神たちの匂いが強すぎて掻《か》き消されていたのかもしれない。それともその甘い匂いとやらが俺たちには強すぎて、嗅覚《きゅうかく》のその部分が麻痺《まひ》させられていたとか」

智世はふと、ついさっきの茨斗との会話を思い出した。

「ひょっとして――私が雨月家の人間だから、って可能性はないかしら」

茨斗は、ああ、と手を打つ。

「なるほど。神凪《かんなぎ》には嗅ぎとれて、妖《あやかし》には嗅ぎとれない匂いってことですね」

「わからないわよ。紘夜さんが言った説もあり得そうだから、その両方かも」

「確かに、その両方かも。だとしたら――ここからは智世さんの力を存分に借りないとですね」

悪戯《いたずら》っぽく笑う茨斗に、智世も笑い返してみせる。

「言ったでしょ？　私は雨月家から派遣された助っ人だって」

「それもただの助っ人じゃなくて、強力な助っ人ですね」

「――こらこら二人とも、和んでいる場合ですか」

流里が呆《あき》れたように笑う。

「いずれにせよ、宵江さんをこれ以上一人にはしておけませんね。罠《わな》だろうがなんだろうが、後を追うしかないようです」

「ああ。各自手分けしたいところだが、今はバラバラになるほうが危険かもしれない。二手に分かれる程度に留《とど》めておこう」

紘夜がそう言って、茨斗や流里と頷《うなず》き合う。

すると十咬が真剣な眼差《まなざ》しで彼らを見回した。

「僕も一緒に行きます。行かせてください」

よく見ると、十咬の脇には木刀が立てかけてある。まだ少年である彼は、玄狼党の一員であるとは認められず、よって軍刀も支給されていないのだ。

「木刀じゃ太刀打ちできなくても、僕にだって爪と牙《きば》がある。襲ってくる敵から智世様をお守りすることはできます」

茨斗は、彼にしては珍しく深刻な面持ちで十咬を見返す。

「宵江さんなら絶対お前を大広間に行かせるってこと、わかってるよな？」

十咬は茨斗の目から視線を外さないまま頷く。

茨斗は十咬の年齢ゆえの未熟さを、平生であればからかったり、軽く躱《かわ》したりする。いくら本人が真剣だからといって、軽々しく認めたりはしないのだ。その選択が十咬に最悪の未来をもたらすかもしれないから。

と――不意に、かん、と強く重い音が響いた。

部屋が暗いのと、茨斗と十咬の動きが速すぎて見えなかった。が、目の前の事態を把握した途端、智世は思わず両手で口もとを覆ってしまう。

茨斗が鞘《さや》ごと振り下ろした軍刀を、十咬が、ぎりぎりのところで木刀で受け止めているのだ。

茨斗が片手であるのに対して、十咬は両手だ。そしてその細い両腕は、力を入れすぎて小刻みに震え、歯を食いしばっている。

片や茨斗は十咬のそんな姿を観察するように見て、軍刀を持った腕を強く振った。十咬は体勢を崩し、蹈鞴《たたら》を踏む。だがすぐに体勢を立て直し、木刀を茨斗に向かって構える。

「――わかった。お前も一緒に来い、十咬」

茨斗、と流里が少し咎《とが》めるように名を呼んだ。茨斗は流里に笑い返す。

「十咬に何かあれば俺が責任取ります」

「……当主助勤としての判断ということですね。なら僕は何も言いません」

「無茶はするなよ、十咬」

気遣う紘夜に、十咬は真剣な面持ちを崩さない。仄暗《ほのぐら》い明かりに照らされて、その美しい横顔はいつもよりも凛々《りり》しく見える。

智世は十咬に歩み寄り、木刀を握り締める細い手を両手で包み込んだ。

「十咬くんがいてくれると心強いわ。でも紘夜さんの言う通り、無茶はしないでね。私を守って十咬くんが怪我をするなんてことがあったら、私、一晩中泣くからね」

その言葉に、十咬がようやく目もとに柔らかいものを浮かべた。

「……はい。智世様を泣かせたりはしません」

「おや、言うようになりましたね。少し前まではあんなにおぼこくてかわいい子どもだったのに」

「だからそういうことを言うのやめてくださいってば、流里さん」

十咬が頰を膨らませる。肩に入っていた余計な力が抜けたのだろう、さっきよりも少し清々《すがすが》しい表情をしている。

茨斗が軍刀を腰に帯び直し、号令をかける。

「それじゃ、玄狼党隊長三名、それに玄永十咬、出動します。――あ。あと」

茨斗が足もとに目をやる。

すると小さなふわふわの毛玉がぽてぽてとやってきて、智世の足にぴったりとくっついた。

「ぼくもともよさまをまもります」

「ええっ⁉　だめよ、危ないわ。大広間で大人の人たちと一緒にいなきゃ」

智世は慌てて綱丸を抱き上げようとするが、小さな体のどこにどう力を入れているのか、綱丸の四本の足はがっちりと床を摑《つか》んで、頑として動かない。

「やだ。ぼくもいく」

「綱丸、お願いよ。あなたまで危険な目に遭わせるわけにはいかないわ」

綱丸は唸《うな》り声を上げて首を横に振る。こんなに頑《かたく》なな綱丸は初めてだ。不思議に思っていると、綱丸はこちらを見上げてきた。そのつぶらな瞳《ひとみ》が潤んでいる。

「もう、ふあんでさみしいのは、いやです」

――扉にかりかりと控えめに爪を立てる音が、不意に脳裏によみがえった。

智世の目にも涙が浮かぶ。

だが、駄目だ。こればかりは聞き入れるわけにはいかない。十咬と違って、綱丸はまだ赤ん坊なのだ。

智世は綱丸を抱き上げ――今度は大人しく抱き上げられてくれた――、抱き締めた。

「さっきはごめんなさい。私、多分おかしな術にかけられてただけなの。本当の私は綱丸のことを絶対に無視なんてしないわ。だから不安に思ったり、寂しくなったりしないでちょうだい」

ね、と綱丸の顔を覗《のぞ》き込む。犬が唸るような声がする。はい、という幼くか細い声も。

流里がやってきて、智世の手から綱丸を抱き上げた。

「まったくこの子ったら、滅多にわがままなんて言いませんのにねぇ」

流里のその言葉に、綱丸は、くぅん、とばつが悪そうな声音だ。

「綱丸のことはこちらに任せてください。宵江様を捜す前に大広間へ送り届けます」

紘夜の言葉に、智世は頷いて頭を下げる。

「お願いします」

「それじゃ流里さんと紘夜さんは屋敷の東から。俺たちは西側から回って宵江さんを捜しましょう」

カンテラの一つを手にした茨斗がそう言って先を行き、続いて智世が、そして殿《しんがり》を十咬が務める。

二手に分かれる直前、五人と一匹はしっかりと頷き合った。

前を行く茨斗の尻尾《しっぽ》のように揺れる髪を見逃さないように追いながら、智世は早足で屋敷の廊下を進む。時折、後ろから十咬が「大丈夫ですか」と声を掛けてくれる。その気遣いが心強く、ありがたい。

茨斗は時折立ち止まり、匂いを辿《たど》る仕草をした。そのたびに「こっちかな」「多分こっち」と独り言が聞こえてきたが、裏口に辿り着いた途端、ついにがしがしと頭を掻《か》き始めた。

「十咬ー、お前の鼻、まだ大丈夫？」

智世が十咬のほうを振り向くと、十咬もまた匂いを辿る仕草をし、首を横に振った。

「これ、僕たち妨害を受けてませんか？」

「あ、やっぱり？　こんなに何の匂いもしないのおかしいよな。俺たち宵江さんの匂いなんて嗅《か》ぎ慣れてるのに」

「智世様、例の甘い匂いはしますか？」

十咬と茨斗に見つめられて、智世も咄嗟《とっさ》に辺りの匂いを嗅いでみる。まさか自分が狼の妖《あやかし》のような仕草をすることになるなんて、と思いながら。

「今は何の匂いもしないわ」

「ってことは、その匂い自体が、智世さんや俺たちの思考を操るときにだけ使う術って可能性が高そうですね」

今はその匂いがしない。その術を使っていないということは、何か他の術を使おうとしているということだろうか。屋敷を覆うこの暗闇がその術によるものなのか、それとも宵江の匂いを掻き消して行方を眩《くら》ませようとしているこの状況がそうなのか、あるいは両方ともか。

「一旦《いったん》流里さんたちと合流したほうがいいかもですね。俺たちだけで闇雲に捜し回っても――」

言いかけた茨斗が、言葉の途中で勢いよく飛び退いた。同時に後ろから十咬が躍り出て、木刀を構えながら智世を背に庇《かば》う。

茨斗は軍刀を抜くと同時に、カンテラを智世のほうに放り投げる。

「明かり、預かっててください！」

言うが早いか、茨斗は暗闇を斬りつけた。智世からは見えないが、獣の悲鳴のような声とともにどさりと何かが床に倒れる。

「妖の攻撃です！　下がって！」

十咬が叫び、智世の背中が壁につくように体を押しやってくる。智世は言われた通りに下がって背中を守り、カンテラを力いっぱい掲げてできるだけ広範囲を照らす。だが敵からの術で火力が妨害されているカンテラは、今にも消えそうなほど朧《おぼろ》げにその儚《はかな》い炎を揺らしている。光と闇の境目を行き来しながら舞うように戦う茨斗の影と、明かりのほうに近づいてこようとする妖を木刀で返り討ちにする十咬の背中が辛うじて見えるのみだ。

闇の中から襲ってくる妖どもの数はどれほど多いのだろう。茨斗の戦闘音に加え、十咬が相手している敵の数も増えているようだ。木刀に打たれた妖の死骸《しがい》が一体足もとに転がってきて、智世は息を詰まらせた。痩《や》せた鼬《いたち》のような姿をした下等の妖だ。その死骸は一呼吸後には白い煙を上げて消えてしまった。後には小さな十字型の紙切れが残っている。両腕を広げた着物姿の人間のようにも、翼を広げた鳥のようにも見える。

(これは……形代《かたしろ》?)

カンテラの明かりをそちらに向けて、まじまじと見てみる。見覚えのある形だ。玄永家に嫁いできてから――正確に言えば、自分が神凪《かんなぎ》の末裔《まつえい》だと知ってから、その源流を知るために読んだ文献に掲載されていたもの。

(ということは、この妖たちは式神《しきがみ》なの……!?)

智世は息を呑《の》んだ。式神とは、人の形をした紙人形、つまり形代に呪《じゅ》をかけ、それを人ならざる力を持つ実体とする術だ。――もしそうなら。

茨斗が最後の一体を斬り、血糊《ちのり》を払うように軍刀を振った。そして辺りを見回す。

「何だったんだろ、今の。数はともかく、一体一体が弱すぎる気が……」

「茨斗さん、今の妖たち、誰かに使役されている式神だと思う」

智世は紙人形を一枚拾い上げ、カンテラを掲げながら茨斗と十咬に見せる。

「式神? ――って、うわっ!」

茨斗は急に片足を上げる。

「紙人形いっぱい落ちてる! 気持ち悪!」

「今僕らが討伐した妖たちは、全部この紙人形が実体化したものってことですか?」

智世は紙人形を見つめる。散らばっていた点と点が、少しずつ線で繋《つな》がろうとしている。

「おかしな術の数々に、この式神……。それに、私にだけ嗅ぐことができた甘い匂い。もしかすると、敵は妖じゃなく人間――それも私と同じ神凪なのかもしれないわ」

茨斗は珍しく剣呑《けんのん》な目つきで紙人形を睨《にら》む。

「もしそうなら、俺たちにとっては予想できない攻撃をしてくる敵ってことですね」

玄狼党は帝都を脅かす妖どもを討伐し、帝都の平和を守るために編制された警察組織だ。相手が人間だというのはともかく、神凪という異能力者であるのなら、彼らにとっては確かに未知数の敵だろう。どんな攻撃を仕掛けてくるのかも、こちらの力がどこまで通用するのかもわからないのだから。

十咬も紙人形をじっと睨んでいる。

「もし敵が神凪なら、今この攻撃を仕掛けてきた理由は何でしょう」

「数を頼んだ攻撃だったってことは恐らく足止めが目的だとは思うけど。でも俺たち、そもそも鼻を封じられてるんだから、こんな足止めなんかしなくたって――」

茨斗のその言葉に、智世の頭にふと嫌な予感が浮かんだ。

「本で読んだとき、式神を操ること自体はそんなに自分の力を割かずにできるって書いてあったの。ってことは、式神を使ってこちらを足止めしながら、何か別の目的のために動いてるってことはないかしら」

「それは大いにあり得そうですけど、やっぱり鼻が利いてない俺たちをそうまでして足止めする理由が――」

言いかけて、茨斗は目を見開いた。

「――違う。智世さんだ」

「え？」

「敵は俺たちじゃなくて、智世さんを足止めしたかったんだ」

「わ、私を？　でも何のために？　戦うこともできない私を足止めだなんて」

茨斗はじっと智世の目を見つめてくる。智世は思わずカンテラの持ち手を握り締めた。

「……私の、『目』……！」

影を見ればその正体の形がわかる、智世の目が持つ異能。

茨斗は再び前を向く。尻尾のような髪が揺れる。

「智世さん、明かりをしっかり掲げてついてきてください。襲ってくる敵は俺と十咬でなんとかするんで、智世さんは妙な影を持つ奴がいないかを探すことにだけ集中してください」

智世は思わず息を呑んだ。花井《はない》伯爵邸での任務を任されたとき以来の緊張感だ。

それに、と茨斗は静かに続ける。

「敵が俺たちを宵江さんに近づけようとしない理由なんて明らかです。今度こそ宵江さんに狙いを定めて、徹底的に攻撃しようとしてるんですよ」

宵江は敵と行き会ったときの記憶を失っている。状況は明らかに宵江にとって不利だ。それに記憶を奪う攻撃の次は、一体どんな攻撃を仕掛けてこようとしているのか。

智世は強く頷《うなず》いた。——これ以上、宵江を害させるわけにはいかない。

「わかったわ。絶対に見つけてみせる」

「よし。それじゃ行きましょう！」

互いに相談せずとも、三人は阿吽《あうん》の呼吸で駆け出した。もしものときのために裏口にも履き物を置いておくよう、日頃から宵江に言われていたことを思い出しながら、履き物に足を入れて飛び出す。まさかこんな事態になることは予想していなかったけれど、宵江の戦いの経験からくる助言に感謝するしかなかった。

裏口から離れに向かう庭も闇に包まれている。狼の夜目をもってしても二メートル先を見るのがやっとという茨斗の言葉は正しかったようで、茨斗は庭の植栽や石灯籠《いしどうろう》を二メートル手前で避《よ》けながら蛇行して進む。

カンテラの明かりは相変わらず心許《こころもと》ないが、茨斗が持っていたときよりもいくらか炎は大きくなっているように見えた。それに少し揺らせばすぐに消えてしまいそうな儚さでありながら、走る智世の速度や揺れによくついてきている。

（ひょっとして、私が神凪だから、神凪からの攻撃に対抗できてる……？）

甘い匂いの術のように、人間だからこそ強く影響を受けてしまうこともあれば、人間だからこそ対抗できる術があることもあるということだろうか。智世は手の中の小さな明かりに大きな勇気をもらった気分で、ひたすら茨斗の後を追う。

と——視界の端を、玄《くろ》い狼の影が掠《かす》めた。

「――宵江さん⁉」

智世の呼び声に茨斗と十咬が反応する。智世が見つめるほうへ駆け出そうとした二人の前に、またしても大量の妖《あやかし》、いや式神たちが立ちはだかる。

「ああもう、お前らの相手してる場合じゃないんだって！」

苛立《いらだ》ちを隠さずに叫びながら、茨斗は軍刀を振り回す。今度は十咬も立ち止まっている余裕はないようで、木刀を振りかざして式神たちを薙《な》いでいく。

智世はカンテラを高く掲げ、必死に宵江の影を捜す。炎はさっきよりもまたわずかに大きくなっている。このまま智世の力をカンテラに込め続ければ、もとの明るさを取り戻すことができれば。そうすればきっと宵江と、彼を狙う敵を見つけることができる。

智世はそう信じて、ひたすら両の眼で闇を見据える。

カンテラの持ち手を握る手が震える。手のひらに爪が食い込んでいる。こめかみから脂汗が落ちる。炎がまた少し大きくなる。

その瞬間――浄瑠璃《じょうるり》人形のように真っ白な肌の、美しい青年の姿が、カンテラの炎に照らされて暗闇から一瞬浮かび上がった。

そして――その腕の中でぐったりと目を閉じて動かない、宵江の姿も。

「宵江さん！　宵江さん‼」

宵江はぴくりとも動かない。茨斗と十咬が宵江のほうへ向かおうとするも、大量の式神が彼らの行く手を阻む。

真っ白な肌をした青年の顔がこちらを向いた。目が合った瞬間、背筋にぞくりと悪寒が走った。

その眼窩《がんか》には確かに眼球が嵌《は》まっているのに、まるで深い奈落《ならく》を覗《のぞ》き込んでいるかのようだったのだ。あるいは——この屋敷を包み込んでいるのと同じ、一分の隙もない完全な闇、か。

青年は宵江を片腕に抱えたまま、もう片方の腕を振った。時代がかった狩衣《かりぎぬ》の大きな袖《そで》がばさりと舞う。

次の瞬間、その姿は闇の中に紛れて消えてしまった。カンテラの明かりをいくら翳《かざ》しても、もうどこにもその姿は見えない。

青年が消えたと同時に、式神の攻撃も止んだ。妖の姿から紙人形の姿に戻り、ぱたぱたと地面に落ちて積み重なる。

茨斗が軍刀を構えたまま、苦々しげに舌打ちする。

「……最悪だ。大将が敵の手に落ちるなんて。何やってんだよ、宵江の奴！」

「敵はおかしな術を使うようですし、何の準備もなく立ち向かうしかなかった宵江様は咄嗟《とっさ》に対応できなかったんじゃ」

「んなことわかってるっつーの！」

茨斗は苛立ったようにまたがしがしと頭を掻《か》く。十咬は首を竦《すく》め、智世のほうを見る。

だが智世には、二人のやり取りを聞いている余裕がなかった。

宵江が攫《さら》われてしまったことも、智世には強い衝撃だった。だが同時に、さっき見たものが目に焼き付いて離れない。

カンテラの明かりに照らされた、真っ白な——生きた人間というにはあまりにも真っ白すぎる肌をした青年の、その足もと。

そこには、何の影もなかったのだ。

＊　　＊　　＊

雨月忠雄はふと窓の外に目を向けた。朝から気の塞《ふさ》ぐような曇天だ。今にも雨が降り出しそうだが、結局ただ空が暗く空気がじめじめしているというだけの一日である。

忠雄の書斎の窓のカーテンは、半分ほど閉められている。これは昼夜関係なく、季節も関係なく、書棚を直射日光から守るためだった。彼は椅子に深く腰掛け、その書棚から取り出した数冊の本を読みふけっている。

昨日、豪雨の中忽然《こつぜん》と姿を消した宵江は、その後特に外傷もなく、意識もはっきりした様子で帰宅したという。ただ二つ、敵に関する記憶と——智世に関する記憶だけをなくして。

その報《しら》せを受けた忠雄は、すぐに自らの書斎に籠《こも》った。先代の雨月家当主である父から受け継いだ数々の書物がそこには所蔵されている。日々の職務に必要な資料もあれば、ほとんど読み物に近いような現実離れした内容のものもあった。

その中に、雨月家譜の原本がある。雨月家当主の代替わりの際の詳細が、初代当主のものから順に詳しく記された書物だ。智世が輿入《こしい》れする際には、玄永家に所蔵されている抄本を精読してもらうよう宵江に頼んだ。神凪《かんなぎ》を家族として迎え入れるにあたり、心得として目を通してもらったほうがいいと思われたからだ。これはそういった類《たぐ》いの本である。

昨日、忠雄はよからぬものの気配を感じ取った。謎の甘い匂いも。どちらも、狼の妖である宵江を差し置いて自分が先に察知するには不自然なものだ。けれど現実にそれは起こった。なるべくしてそうなったのであれば、そこには必ず理由があるはずだ。

書棚にぎっしりと詰め込まれた書物を手当たり次第に捲《めく》るうち、忠雄はこれは妖などではなく、人間の仕業であると半ば確信した。自分と同じ神凪の仕業であると。

妖に関する資料——ここには魑魅《ちみ》譜と魍魎《もうりょう》譜の抄本もある——を見てみても、やはり今の状況が妖の所業であるとはどうしても考えられなかった。そのため過去に似たような事例がないか、もしあればどのように対処したのかを調べていたのだ。

忠雄は本を閉じた。そしてそれを、同じようにして読み終わった書物の山のてっぺんに載せる。大きく息を吐いた。

——すべきことは定まった。過去のやり方を踏襲しても、今回の敵に対抗できるかどうかはやってみないとわからない。だが忠雄が娘にしてやれることの中で、それが恐らく最善と思われることだ。

書斎の扉が外から軽く叩《たた》かれる。お盆に珈琲《コーヒー》を載せた妻の佳子《よしこ》が、開いた扉から顔を覗かせた。

「お疲れさま。珈琲いかが？」

「ああ、ありがとう。ちょうど一段落したところだ」

そろそろ彼女が来る頃だとわかっていたので、読み終わった書物はすべて題名が見えないように伏せ、背表紙も壁に向けて積んである。忠雄の職務内容は家族にも秘匿する決まりだった。無論、妻であってもだ。それをわかっているので、佳子も書棚を盗み見たりはしない。彼女の生来ののほほんとした気質のためもあるが。

卓に珈琲のカップを置く佳子の横顔に、忠雄はぽつりと呟《つぶや》く。

「……私が今までとは違う私になったら、お前はどう思う？」

それだけを問い、返答を待つ。

佳子は少し目を丸くしたが、すぐに柔和な笑みを浮かべた。

「何をおっしゃるの。あなたはあなたじゃない。それは天地がひっくり返ったって変わらないわよ」

――佳子は、強い。武器を取って戦うことはできなくとも、川が岩にぶつかっても岩を避《よ》けて流れ続けるように、しなやかに生きることができる。

そしてその強さを、智世は受け継いでいるのだ。時に頑固なほどの意思の強さまで加えて。

忠雄は再び窓の外へ目を向けた。――よからぬものの気配が強まった気がする。昨日のように明確に忠雄を目がけて飛ばされている気配ではない。何か、本来蓋《ふた》がされているものが膨れ上がり、隙間から漏れ出しているかのような。

何かが、起きようとしているのか。

忠雄は決意を込めて、その双眸《そうぼう》に力を込めた。娘夫婦のためにできることを、今はただやるのみだ。

＊　＊　＊

智世は呆然《ぼうぜん》と、宵江と青年が消えたほうを見つめる。

と――見つめる先の闇がふと、歪《ゆが》んだような気がした。ただの真っ暗闇のはずなのに、どこか濃淡がついたように感じたのだ。その、闇の色がやや薄くなっている部分は、人が横に数人並んで通れるほどの穴のようにも見える。

するとそれを裏付けるかのように、茨斗と十咬が同時に、あ、と声を上げた。

「穴だ。空間が歪んで穴が空いてる」

茨斗の言葉に、十咬も目を凝らす。

「宵江さんを連れ去った奴が逃げた道でしょうか」

「だな。ぼやぼやしてると道が閉じちゃうかも」

二人がまた智世のほうを見る。今度は強い意志を含んだ眼差《まなざ》しで。

智世も瞳《ひとみ》に同じ色を滲《にじ》ませて、強く頷《うなず》く。

「追いかけましょう」

「大丈夫ですか？　入ったら帰ってこられないかもですよ」

「宵江さんがそこにいるんだもの。他に選択肢なんてないわ」

その言葉の有無を言わさぬ響きに、茨斗は笑った。そして三人で頷き合い、穴に向かって歩き出したところで、背後から声が掛かる。

「ちょっと、何してるんです。そこ穴が空いてますよ」

流里が形良く眉墨《まゆずみ》の引かれた眉を顰《ひそ》め、闇の歪みを見据えている。茨斗は場に似合わない気楽な声音で答える。

「はい。宵江さんがここから攫われたので、追っかけようかなーって」

「攫われただと⁉」

紘夜も合流するなり素《す》っ頓狂《とんきょう》な声を上げ、流里と顔を見合わせる。

「智世さんの声がしたので駆けつけてみたら、そんなことになっていたんですか」

「まったく、宵江様は子どもの頃から、自分のことになると少し抜けたところがあるからな……」

紘夜はやれやれと額を押さえた。そのまま二人とも穴のほうへ向かおうとするので、智世は思わず声を上げる。

「一緒に行ってくれるんですか？」

するとと流里が嘆息した。

「当然でしょ。宵江さんを助けるのももちろんですけど、あなたや僕らにかけたおかしな術のことといい、こんなふざけたことをする敵にはお灸《きゅう》を据えてやりませんとね」

茨斗に十咬、そして流里に紘夜。皆が揃っているならばこんなに心強いことはない。暗闇の先に何が待ち受けていても、きっと大丈夫だという安心感すらある。

「さあ。それじゃ俺たちの大将の救出に向かいますか！」

茨斗の号令とともに、智世たちは五人揃って穴へと向き直る。そしてほぼ同時に一歩を踏み出す。すると視界がぐにゃりと歪む感覚があった。カンテラの明かりと闇との境目が不自然に捻《ねじ》れていく。これが空間の歪みに足を踏み入れる感覚なのだろうか。

そして智世が更に一歩を踏み出した、その時だった。

もふっ、と何かが足もとにぶつかった。驚いてカンテラをそちらに向けると、細く短い四本の足でしっかりと地面を踏みしめ、勇ましく前を見据える綱丸がそこにいる。

智世はかつてないほど慌てた。

「綱丸!? 追いかけて来ちゃったの!? ちょっと待って、早く戻《の》っ――」

必死に叫ぶが、しかし智世の声はそこで途切れ、闇の歪みに呑み込まれていく。

一方、玄永家の屋敷の大広間では、敷地内に暮らす一族の者たちがすべて集まっていた。

玄狼党の隊士たちは軍刀を腰に帯びて扉や窓の辺りに控えている。そして非戦闘員である救護係の隊士たちや、隊士の家族たち、女中たちもまた一箇所に集まり、持ち寄った明かりや、棍棒《こんぼう》などの武器を手に息を潜めている。

敷地内が暗闇に包まれて以降、流里と紘夜が一度綱丸を届けにこの大広間まで来たが、つい先ほど当主夫人が夫を呼ばわる声が響くや、綱丸は大人たちの手をすり抜けて一散に駆け出してしまった。

しばらくそのままじりじりと時間が過ぎた。

と――扉が外から開かれる。

美しい銀色の髪を持つ青年が、カンテラの明かりを手にそこに立っていた。

来光様、と声が上がる。来光は弱々しく光るカンテラを掲げて大広間の中を見回し、いない顔がないか確認しているようだった。普段あまり表に姿を現わすことのない玄永家長子の姿に、部屋の中にはある種の緊張が満ちる。

「――当主及び玄狼党幹部たちの非常事態だ」

来光は宵江とよく似た整った顔を、左右非対称に歪めるように眉を顰めた。部屋の中が一瞬ざわつくが、来光の一瞥《いちべつ》ですぐにまた声を潜める。

「当主は敵に連れ去られ、幹部たちはその救出に向かったようだ。恐らくは嫁御も一緒に」

——奥様が、と悲鳴に近いような女の声が響いた。それが智世と懇意にしている女中であることを来光は知らない。

来光はこの暗闇の中、宵江たちとは別行動で敷地内の異常を確認して回っていた。その最中、綱丸が脇を一目散に駆け抜けていったのだ。赤ん坊がこの闇の中、大人も連れずに駆け回るのは明らかな異常である。来光は綱丸の後を追い、空間の歪みとも呼ぶべき闇に空いた穴に綱丸が——弟の嫁もろとも——飛び込むのを目撃したというわけだ。

「屋敷の敷地の境目も隅々まで見て回ったが、脱出できそうな隙間はどこにもなかった。玄永の本拠地に仕掛けてくるだけあって、敵の実力もはったりではないようだ。試しに獣形を取って空間を攻撃してみたが、物理攻撃で破れる術ではないことがはっきりしただけだった」

来光は淡々と告げながら、武装している隊士たちを見回す。隊士たちは神妙に指示を待っている。宵江と茨斗が不在の今、玄永家のすべてを取り仕切るべき立場にある来光の指示を。

まずは、と来光は皆に視線を向ける。

「何人かの組に分かれ、敷地中の燃料をここに集める。闇の術である以上、闇に取り込まれたら終わりだと思って動いたほうがいいだろう。単独行動は絶対にするな。必ず複数人で動き、闇に歪みの穴ができていたら近づかずに引き返せ」

皆を見回していた来光の目が一人の女中で留まる。まだ年若く華奢《きゃしゃ》な体つきの女中で、どうやら術の影響を強く受けて具合が悪いらしく、隣の女中の肩にもたれてぐったりとしている。

「術の影響を受けている者は無理せずここで待機。その場合も単独での待機は禁止だ。必ず誰かが傍で一緒に待機するように。何か質問は？」

的確かつ手短な指示に疑問など出ようはずもなく、皆首を横に振る。隠居していてもやはり当主の血族だと、その場にいた誰もが思わずにはいられない。

来光は頷き、そして告げた。

「では、行動開始。──どこの馬の骨とも知れない術者からの攻撃など、我ら玄永一族には効かないということを証明してやろうじゃないか」

第三章　十回咬《か》んでも足りない

目を開くと、灰色の空が広がっていた。

毎日曇りや雨ばかりで嫌だな、と思いながら起き上がる。自分と同じように金色の体毛を持つ狼の妖《あやかし》だった母親譲りの金髪は、細くてまっすぐで、湿気が多い日にはぺたんと頭に張り付いてしまう。肩につくかつかないかという長さのその髪を鬱陶《うっとう》しげにはね除《の》け、十咬は辺りを見回した。

玄永家の屋敷からさほど離れていない場所にある公園だ。長椅子と、小さな東屋《あずまや》があるだけのこぢんまりとした場所。

小さな子どもの頃ならばいざ知らず、中学に入ってからはさすがに友達と公園で遊ぶこともなくなったから、ここには随分久しぶりに来た気がする。

（あれ……？　なんで僕、こんなところに……）

どうやら長椅子に横になって、昼寝でもしていたらしい。空はどんよりと曇っているから、今が何時なのか見当も付かない。

一人きりで、こんな場所に一体何をしに来たのだったか。目覚める前まで、誰か他の人と、それも複数と一緒にいた気がするのに。それに何か、やらなければならない大切なことがあったような。

首を捻《ひね》りながら立ち上がると、見慣れた東屋の屋根がふと目に入った。そして、あれ、と更に首を傾げる。屋根は渋い葡萄茶《えびちゃ》色だった気がしたけれど、記憶違いだっただろうか。目の前にある屋根は随分と鮮やかな赤だ。塗料を塗り直したのだとしても赤すぎる気がする。

辺りを見回してみる。曇天に似合いの、鬱々《うつうつ》とくすんだ景色が広がっている。やはり太陽の光がないと、草花や木々も灰色がかった色になってしまうのか。——だがおかしなことに、くすんだ色の景色の一方で、周囲の家々の一角や花々の一部が、やたらに色鮮やかにも見える。いつか本で読んだ外国の景色、それも南国のそれに似ている。だが記憶の中にあるその景色よりも、何倍も色鮮やかに見えた。毒々しいほどに。

極彩色と無彩色が入り交じる不思議な景色の中を、十咬は進んでいく。何はともあれ屋敷に戻らないといけない。公園に用などないし、なぜ自分がこんな場所にいるのかもわからないのだから。

と——公園の外へと歩き出してから、いつもより目線が低いことに気付いた。

一歩がかなり狭い気がする。足もとを見下ろすと、見覚えのない黒い靴を履いている。否、正確には、ここ何年も見た覚えのない靴だ。それに足が小さすぎるし、中学に入ってからは穿《は》かなくなった、とても短い丈の黒い半ズボンを穿いている。

思わず両腕を上げてまじまじと見る。ズボンと同じ色と素材の上着は、何年も前に着られなくなって処分したはずの、子ども用の礼装の一揃えだ。

「……え？　なんで？」

思わず上げた素《す》っ頓狂《とんきょう》なその声も、甲高く幼い。既に声変わりを迎えて大人のような声になった同級生もいる中、確かに十咬の声はまだ少年らしい高さだけれど、ここまで甲高くはなかったはずだ。

思わず両手で口もとを押さえる。そうしたところで甲高い声がなかったことにはならないのだが。

手に触れた頰も、十四歳というにはあまりにも柔らかく、丸くてすべすべだった。

十咬は思わず駆け出した。周囲を見回し、民家の硝子《ガラス》戸を見つけて足を止める。

くすんだ色の硝子には——六歳の頃の、幼い十咬の姿が映っていた。

十咬は硝子の中の自分と、呆然《ぼうぜん》と見つめ合う。これは夢だろうか。自分はまだ公園の長椅子で眠っていて、目覚めてなどいないのだろうか。

それとも——十四歳に成長したと思い込んでいたことこそが、夢だったのだろうか。

そのとき、遠くから自分を呼ぶ声がした。慣れ親しんだ女の声だ。

（——あ）

その瞬間、十咬の脳裏に、まるで活動写真を早回ししたかのように、昔の記憶が勢いよく流れ込んできた。

そうだ。自分は三歳の頃、玄永家に連れてこられた。正確には、十咬が生まれたときからずっと育児放棄していた母親に、ついに捨てられたのだ。

見目麗しい狼の妖の中でも、十咬の母親はとりわけ美しく、昔から恋多き女性だった。一人でいることを殊の外嫌がり、恋人と別れてもすぐにまた次の恋人を見つけては、その相手に依存するような付き合いを繰り返していた。十八の頃に、三つ年上の狼の妖との間に十咬を身ごもった。だが相手の男は彼女の、相手のすべてを搾り取り生命力さえも奪うような依存に耐えかね、妊娠を知るや行方を眩《くら》ませた。彼女の精神が少しずつおかしくなってしまったのは、その頃からだった。

狼の妖は高位のため、幼い子どもであっても知能が高い。一歳に満たない赤子でも、大人の言葉を三分の一程度は理解しているほどだ。一歳になる頃には簡単な会話は問題なくできるようになる。三歳くらいまでは獣の姿をしているため、獣としての会話ではあるのだが。

そんなわけだから、赤ん坊だった十咬はすぐに、自分の母親が積極的に育児しようとはしていないことに気付いた。いくら知能が高いとはいえ、生まれてまもなくはさすがに母親の庇護《ひご》が必要になる。その頃までは母親もがんばって十咬を育てようとしていたようだが、やがて意気が挫《くじ》かれたのか、十咬が自分で自分の世話がある程度できるようになった一歳の頃には、彼女は十咬に一切見向きもしなくなった。

彼女はひたすら、自分の美しさと若さを磨き続けていた。そうすれば相手の男が戻ってくると妄信していた。幼かった十咬は、ひょっとしたらお父さんが戻ってきてくれるのかも、と思ったので、母親のやることを邪魔せず、日々自分の面倒を自分で見ながら大人しく過ごしていた。

そうして三歳になった頃、母親と二人で暮らしていた家に見知らぬ大人がやってきた。黒い軍服のような制服を着た男だった。その頃の十咬には大人の年齢の見分けなどつかなかったので、ついに父親が帰ってきたのかと思い、その男に抱きついた。賢かった十咬は、もし父親が帰ってきたら、そういうふうに振る舞ったほうが母親が喜ぶと思ったのだ。

いや――少し違う。母親を喜ばせようという無邪気で健気《けなげ》な子どもの考えではない。一人で妄執に囚《とら》われ続けている母親があまりにも哀れで、せめて彼女が報われた瞬間には、一番傍で見てきた者として、何かご褒美を与えてあげたくなった――そんな考えのほうが近かったように思う。

だが、その男を父と呼ぶ十咬を見た途端、母親は見たこともない恐ろしい形相で男と十咬を罵《ののし》った。間違えた、とすぐに気付いたがもう遅かった。母親は十咬を永久に家から追い出し、そして十咬は、玄永家からはるばる自分を保護しにきてくれたその男とともに、日本橋の玄永家に入ることになったのだ。

玄永家には惣領《そうりょう》である宵江を筆頭に、子どもたちが何人かいた。子どもと言っても、一番歳の近い宵江や茨斗であっても十歳年上だ。玄狼党の隊士たちや女中たちにも子どもがいる者があったけれど、狼の妖は幼い子どものうちは獣の姿と人間の姿を不安定に行き来するため、人里離れた山中に籠《こも》る者が多い。その点、十咬は三歳にして人間の姿を長時間保つことができたため、良く言えば将来性を買われて宵江の傍で暮らすことになった。

悪く言えば、他人に未来を決められてしまったな――と、その頃の十咬は思った。今思えば不敬極まりないし、身の程知らずにも程があるのだが。

玄永家では女中たちが代わる代わる十咬の面倒を見ようとしてくれた。見てくれた、ではないのは、十咬がその生い立ちから、幸か不幸か自分のことはある程度自分で何でもできたからだ。だが、身近な大人が常に自分を気に掛けてくれるというのは素直にありがたく、そしてくすぐったかった。特に女中頭の流里は、幼い子どもと初めて接して思いのほか楽しかったのか、用がなくても話しかけてくれたり、こっそりおやつをくれたりとかわいがってくれた。

茨斗は十咬にとって、思い描いていた通りの『男兄弟』だった。べたべたとくっつくこともなく、かと言って突き放すこともない。流里のように猫かわいがりはしないが、十咬が近所のガキ大将に虐《いじ》められたら、その家に殴り込んで仕返しをしてくれる。

紘夜は流里と同じく、十咬には既に大人に見えた。実年齢よりも幼い悪戯《いたずら》ばかりする茨斗をいつも口うるさく叱ったり、飄々《ひょうひょう》と振る舞う流里に翻弄《ほんろう》されて大声で言い合ったりしていた。

そして――宵江は。

宵江はいつも、十咬にとっての憧《あこが》れだった。

十咬が屋敷に来た当初、まだ十三歳だった宵江に初めて対面したときのことが忘れられない。何年も前に既に次期当主となることが決まっていて、何年もずっとその重荷を背負ったまま過ごしてきた少年。彼は当時当主だった父親について妖《あやかし》の討伐任務に向かい、帰ってきたばかりだった。少し乱れた隊服と腰に帯びた軍刀、勇ましい表情、そして凛々《りり》しい立ち姿。どんなに勇猛に戦ってきたのかは一目瞭然《いちもくりょうぜん》だった。

宵江の剣術の稽古《けいこ》を見学させてもらったり、仕事を少し手伝わせてもらったりしている間に、その憧れはどんどん膨れ上がっていった。

――いつかこの方を、傍で支えられるようになりたい。

既に宵江の傍近くに仕え、ともに剣を振るう茨斗に流里、そして紘夜と、いつか自分も肩を並べられるようになりたい。

少年の小さな憧れが、いつしか人生の大きな目標に変わったのは、とても自然なことだった。

そして三年が過ぎた、ある日のこと。

玄永家に訃報《ふほう》が届いた。

はぐれ狼が死んだ、身寄りがないようだから玄永家で弔ってほしい、とその報せ《しら》には記されていた。報せを寄越したのは、死んだはぐれ狼が暮らす小さな家の傍にたまたま住んでいた、別のはぐれ狼だった。わずかな死臭を嗅《か》ぎつけたため臭いを辿《たど》ってみたら、家の中で狼の妖が死んでいるのが見えたという。近くに住むはぐれ狼同士、一度二度はお裾《すそ》分《わ》けを持っていったりという交流があったものの、そのはぐれ狼は他者との交流を好まないように見えたので、付き合いはそれっきりになっていたとのことだった。

そのはぐれ狼の遺体が玄永家に運び込まれたとき、十咬は離れで待機させられていた。確かに子どもが見るものじゃないよな、と十咬も納得していた。

が、いざ葬儀の場で弔うとなったときに――付近に暮らす人間たちに怪しまれないよう、人間式の家族葬という体裁を取っていた――、見知らぬ相手とはいえ同じ狼なのだからと十咬が遺体に手を合わせに向かうと、顔を覆い隠す白い布から、長い金色の髪が広がっているのが見えた。

十咬はほとんど衝動的に遺体に近寄り、無遠慮に布を取り払った。

美しい金髪の女の、まるで眠っているだけのような顔。十咬と、とてもよく似た――

「……っ」

その瞬間、十咬は口から出そうになった言葉を慌てて押し込めた。

物言わぬ亡骸《なきがら》相手に――なんで今さら、と怒鳴りつけそうになったのだ。

なんで今さらここに来た。自分を手放してから三年間、一度も顔を見にも来なかったくせに。自分を捨てたくせに、なんで死んだときだけ、今さら。

泣きたくなどないのに、涙が溢《あふ》れた。悔しさのような、やるせなさのような、泣くほどの憤りのような気持ちが、自分の中にあったのだというのが不思議だった。

様子を見に来た女中たちが、事情を察してか、あるいはもともと知っていたのか、十咬を抱き締めた。母親の死に接して悲しんでいると思ったのだろう。

内心では、違う、こんな人のために泣いてるわけじゃない、と叫びたかった。女中たちの優しい気遣いを無下にしないためだけに、十咬はそれを堪《こら》えた。

けれども女中から、「お母さんに最後に会えてよかったね」という慰めの言葉をかけられた途端――耐えきれなくなり、十咬は女中たちの腕を振りほどき、厠《かわや》に行くと言い置いて駆け出した。門のほうに向かって。

黒い子ども用の礼服姿のまま、十咬は、屋敷を飛び出したのである。

とはいえまだ六歳の子ども、いくら内面が人間の同じ年頃の子どもに比べて大人びているとはいえ、行動範囲は子どものそれである。とりあえずいつもの遊び場である公園に向かって走り、長椅子に座ってひとしきり泣いて、泣き疲れて眠った。

そうして――目覚めて、今である。

一瞬にして頭の中を駆け巡っていったその記憶を、十咬は呆然《ぼうぜん》と反芻《はんすう》する。

そうだ。自分は母親の葬儀を抜け出してあの公園に行ったのだ。あれからどのくらい時間が経ったのだろう。眠っている間にもし何時間も経ってしまっていたら、いつまでも厠から戻らない十咬を誰かが心配し、捜しにくるかもしれない。

(――そうだ。あのとき、僕を迎えにきてくれたのは)

女中頭の流里の次に、十咬の面倒をよく見てくれた年嵩《としかさ》の女中。早くに夫を亡くして独身で、子どももなく、十咬をまるで孫のようにかわいがってくれた。彼女が自分を心配して、公園の近くまで捜しにきてくれたはずだ。

だが——十咬は瞠目《どうもく》した。

遠くから自分を呼ぶ声。慣れ親しんだ女の声。

ただし、この三年、一度も聞いていなかったはずの声。

美しい金髪の、十咬ととてもよく似た顔立ちをした女が、手を振りながらこちらに向かって駆けてくるのが見えたのだ。

十咬は棒を呑《の》んだように立ち尽くした。まさか、そんなはずはない。

死んだはずの母親が、今まさに執り行なわれている葬儀の張本人であるはずの母親が——黒い喪服に身を包んで、泣き出しそうな顔でこっちにやってくるなんて。

「捜したわよ。今までどこにいたの」

咎《とが》めるようなその言葉の声音は聞き覚えのないものだった。自分を捨てた男を想ってはいつまでも帰ってこないと咎めるときの甘えたような声でも、家の中にいる十咬という異物を咎めるときの冷たく突き放すような声でもない。

子どもを心から心配して叱る、母親の声。

十咬は答えることができなかった。母親は十咬がこの先の公園にいたことに勘づいたのだろう、少し体を傾けてそちらのほうを見た。

「一人で勝手に出歩いちゃだめでしょう。悪い人に連れて行かれたらどうするの」

悪い人も何も、この通りにも公園にも人っ子ひとり歩いていない。不自然なほどに誰もいない。家々も静まりかえっていて、この広大な街の中で、まるで母親と自分の二人しかいないのではないかと錯覚するほどに。

だがそんなことよりも、目の前のこの女性が、十咬が誘拐される可能性を憂慮したという事実が、あまりにも衝撃だった。

「……ごめん、なさい」

ぽつりと呟《つぶや》く。六歳の体躯《たいく》に似合いの幼い声が、自分でも哀れになるほど心細げに聞こえた。

母親も同じように感じたのだろう。十咬をしっかりと抱き締めてくれた。

――母親に抱き締められた記憶など、生まれたての赤子の頃にしかない。こんなに温かかっただろうか。こんなに柔らかくて、いい匂いがしただろうか。

なぜだか涙がじわりと滲《にじ》んだ。頭の中では冷静に、この女性をこんなにも自分の母親だと感じたことを不可思議に思っているのに。

母親は手を差し出してきた。意図を図りかねてその手をじっと見つめていると、彼女は少し呆《あき》れたように十咬の手を取り、歩き出した。

母親と手を繋《つな》いで通りを歩いた思い出など、一度もなかった。なかったはずなのに、今自分は、まるで普通の親子のように、並んで手を取り合って、家に向かって歩いている。

　十咬は幼い頃からあまりにも賢かった。

　自分の母親から愛情を受けなかった理由についても、「あの人は心が弱かったから、お父さんに見捨てられても仕方なかった。その現実を受け入れられなくても仕方なかった」と理解していた。

　そして敏《さと》いがゆえに、それを、自分自身にも結びつけてしまっていた。

　つまり――自分も弱いから、母親に捨てられてしまったのでは、と。

　傍に置いても意味がないから。何の役にも立たないから。

　だからこそ玄永家に入った後は、周りにいる強く勇ましい年上の狼たちに憧れた。その気持ちは早々にじりじりとした焦りに転じた。早く大人になりたい、玄永家の役に立ちたい。毎日毎夜、そう願って過ごしてきた。

　――でも。

「さっき流里さんが、お茶請けに頂き物の貴重なお菓子を出してくれたのよ。葬儀の手伝いが大変だっただろうからって、女中みんなに。一つ取っておいたから、十咬も後で頂きなさいね」

　まるで普通の母親のようなことを言って、隣を歩く女は笑う。葬儀を黙って飛び出して心配をかけたはずの自分のために、お菓子を一つよけておくなんて、そんな母親のようなこと。

角を曲がると、玄永家の広大な屋敷が見える。門をぐるりと囲む鯨幕に、門扉の脇に吊《つ》り下げられた二つの大きな提灯《ちょうちん》。なぜか一つは明るすぎる黄緑色、もう一つは鮮やかすぎる紫色の極彩色に見えたが、十咬はそれを疑問に思わず、母親と連れ立って門を潜《くぐ》る。

葬儀会場となっている屋敷の大広間に戻ると、そこに遺体が寝かされていた。顔には白い布がかぶせられ、そこから、白いものの混じった濃い栗色の髪が覗《のぞ》いている。

十咬はほとんど衝動的に遺体に近寄り、無遠慮に布を取り払った。

まるで孫に接するように十咬をかわいがってくれた、あの年嵩の女中が、眠っているかのように目を閉じていた。

立ち尽くす十咬の小さな両肩に、母親がそっと手を置いた。

「本当に優しくて、あたしもまるでお母さんのように思っていたのに。肺病で亡くなるなんて……」

――なんで、という気持ちと、そうだ、という気持ちが一瞬せめぎ合って、納得のほうが勝った。

そうだ。自分はこの女中が亡くなったのがあまりに悲しくて、遺体の顔を見たらその死をまざまざと実感してしまって、思わず屋敷を飛び出したのだ。そして、この女中と何度も遊びに行った公園の長椅子で、ひとりぼっちでわんわんと泣いた。泣き疲れて眠ってしまうほどに。

十咬は、目尻《めじり》に浮かんだ涙を拭《ぬぐ》う母親の、慈愛に満ちた顔を見上げた。

「……ねぇ、おかあさん」

「なぁに？」

こちらを見下ろすその表情も、大好きな人の死に直面した幼い息子を気遣う母親のものに他ならない。

もしかしたら、この母親に育児放棄されて、あまつさえ捨てられたなんて、ばかばかしい夢だったのではないだろうか。本当は母親は玄永家で女中として働いていて、息子の自分も玄永家で一緒に暮らしている、そんな当たり前の親子だったのでは。

——脳裏に一瞬、十咬が六歳の頃、件《くだん》の女中が肺病に罹《かか》ったときの記憶がよぎった。

あのとき彼女は奇跡的に快復したような気がしていたのだが、気のせいだったのだろうか。その何年も後に、彼女のお陰で何か大切な出会いをしたような気もするのだけれど。

でも、気のせいなのだろう。目に見えるこれが、きっと真実なのだろうから。

十咬は母親に問いかける。ほとんどうわごとのように。

「おかあさんは、ぼくとずっと一緒にいてくれる？」

その問いかけに、母親は微笑んだ。

「あなたがそう望むなら、いくらでも一緒にいてあげる」

——僕がそう望むなら。

(僕の……望み？)

自分はこの、母親という女性と、本当は一緒にいたかったのか。

生まれてから三年間は、確かに一緒に暮らしてはいたけれど、心の距離は赤の他人よりもよほど遠かった。今は母親らしく振る舞っているように見えても、またいつああなるかわからない。——けれど。

彼女は膝《ひざ》をつき、十咬を正面から抱き締めた。

「大好きよ。あたしのかわいい子」

今このとき、確かに自分を愛してくれている。

ずっと得られなかった、物語の中だけの世界だった母親の愛というものを、ここでなら、もしかしたら自分も得られるのか。

柔らかく締めつけるように抱き締められながら、十咬はぼんやりと部屋の中を見る。

舶来趣味の大広間はいつもなら畳に絨毯《じゅうたん》敷きで、西洋風の調度品で飾られているが、葬儀の間は絨毯が取り払われ、純和風の様相になっている。そこに横たわる女中の遺体。

病で亡くなり、これから先、どんな出会いも十咬にもたらさない、ただの亡骸《なきがら》。

(——あ)

灰色に沈んでいた視界が、俄《にわか》に極彩色に明滅し、また無彩色に戻る。

その瞬間、視界の端に、小さな狼の赤子が見えた気がした。

最初はそれを、十咬自身の赤子の頃の幻かと思った。子どもらしい感覚を初めて手にして、感情や何かが幼かった自分に引っぱられているのかと。けれども毛並みの色が違う。金色ではなく、ミルクを少し入れた珈琲《コーヒー》のような——なんだか懐かしい、愛《いと》おしいような気がする色。

「……つな」

思わず呟く。その続きを何と言おうとしたのか、自分でもわからない。

明滅する視界の中で、その小さな狼の赤子は、女中の亡骸の傍に立ち、前足でてしてしと彼女の頬の辺りを叩《たた》いている。何か見えない壁のようなものに阻まれているかのように、その短い前足は彼女に届いてはいない。だが赤子は真剣な面持ちで、必死に叩き続ける。まるで彼女を起こそうとするかのように。生き返らせようとするかのように。

(お前は……その人に、生きていてほしいの？)

自分だって同じ気持ちだ。大好きな人だったから、死んでしまうよりは生きていてくれたほうがいいに決まっている。

だけど二つは選べないから。

母親がこちらを抱き締める腕の力が強くなる。少し息が苦しくなるほどに。浅く呼吸を繰り返していると、何だか意識が朦朧《もうろう》としてくる。

赤子は見えない壁を叩くのをやめない。

また視界が明滅した。そのとき十咬は、赤子がじっとこちらを見つめていることに気付いた。何かを必死に訴えかけている。声は聞こえないけれど、何かを叫んでいる。

「――綱、丸」

何かを考える間もなく、その名前が唇から零《こぼ》れ落ちる。

母親の両腕はもはや抱き締めるなどという生温《なまぬる》い度合いではなく、ぎりぎりとこちらを締め付けている。まるで獲物を絞め殺そうとする蛇のように。

薄れようとする意識の中に、在りし日の女中の、温かな笑顔が唐突に浮かんだ。

肺病から奇跡的に快復し、しばらく経った後のことだった。記憶の中の彼女はその日、何かを大事そうに腕に抱いていた。それは何だったか。誰だったか。

――小さな狼の妖《あやかし》の赤子。十咬は初めてその子を見た瞬間、ミルクを少し入れた珈琲みたいな色の毛並みだな、と思ったのだ。

その赤子は、女中の親戚《しんせき》の子だった。両親は医者とその助手で、地方で狼の妖向けの診療所を開いていた。帝都の玄永家から、玄狼党の医療班として働いてほしいと打診があったものの、夫婦は大変に多忙で、住んでいる場所から離れられなかった。夫婦からは、せめて弟子が育って診療所を継げるようになるまで待ってほしいと回答があった。それには何年も、場合によっては十数年もかかるだろう。だがそれに物申したのは帝都の玄永家ではなかった。なんと夫婦の間に生まれた、まだ一歳にも満たない赤子の綱丸だったのだ。

綱丸は両親に、「いってみたい」と訴えた。夫婦は自分の息子に、特別帝都に憧《あこが》れるような教育をした覚えはなかったが、どこかで玄狼党の活躍ぶりや暮らしぶりを耳にしたのだろうか。大きな群れの一員として暮らすことに、子どもながらに憧れたのかもしれない。

玄永家と夫婦との間で何度も協議した結果、綱丸は遊学という形で帝都の玄永家で暮らすことになった。成長したら医学を学び、玄狼党の助けになるよう務めるという条件つきだ。とはいえ綱丸はまだ赤子なので、本人が将来別の道に進みたいと望んだときには本人の希望通りにするという但し書きもついていた。この但し書きは玄永家の先代当主が提示したものだった。

綱丸は他の狼の妖の赤子の例に漏れず、同い歳の人間の赤子に比べれば何倍も賢い。と同時に、子どもらしい自由奔放さや、時には我儘《わがまま》を押し通すような頑固さを見せることもあった。他者に迷惑をかけるような駄々をこねたりはしないが、こうと信じた道は譲らない。

もしかすると綱丸は、両親の代わりに立派な医者として玄永家で働くという、崇高な大志を抱いて帝都にやってきたのかもしれない。あるいはもしかすると、ただ両親と三人暮らしの田舎を離れ、都会で群れ暮らしを経験してみたかっただけかもしれない。

いずれにしても綱丸の存在は、十咬には何だか眩《まぶ》しかった。両親に愛情をたっぷり注がれて健やかに育ち、玄永家の大人たちに物怖《ものお》じもせず遊び回り、皆に愛されている。同じ賢い狼の妖の子どもでも、心のどこかが屈折し、不必要なほど他人というものや自分の人生に諦観《ていかん》を抱いていた十咬とは違う。

年齢の一番近い十咬に一際懐いてくれる綱丸の姿に、十咬はいつしか、幼い頃の自分が救われるような気持ちになっていった。綱丸をかわいがり、愛情を持って世話することで、まるで赤子の自分がかわいがられ、愛情を持って世話されているように思えたのだ。綱丸を通して、自分自身を自分自身で救ったような。

十咬の傍にはいつも綱丸がいた。

その綱丸を玄永家に連れてきてくれたのは、綱丸の両親の父親の姉であり、玄永家との協議の間を取り持ってくれた――あの年嵩《としかさ》の女中だったのだ。

(……あの人が、生きていてくれないと)

自分はこの先ずっと、綱丸に出会えない。

確かにここにいれば自分は母親に愛され、綱丸の救いなど必要ないのかもしれない。

だが自分は既に知ってしまっているのだ。実の母親に捨てられた喪失感も。小さな弟ができて、その弟が自分に与えてくれた無償の温かさも。

「――綱丸。綱丸!」

十咬は綱丸のほうに手を伸ばした。母親がそれを押しとどめるように、両腕にさらに力を込める。もはや十咬の骨が折れてしまっても構わないと思っているような力の強さだ。

「あなたはあたしの子よ。誰にも奪わせない」

耳もとで聞こえる声は、不気味なほどに、微笑みと温かさを感じる声だ。

──本当に愛しているのなら、こんな力で締め付けたりしない。

「ごめんなさい。……僕は、あなたと一緒には生きません」

そうだ。小さな綱丸が教えてくれたのだ。どんなに幼くても、自分の人生は自分のものなのだと。大人から庇護《ひご》されることはあっても、大人に支配されることなどあってはならないのだと。

「僕は僕の道を行きます。これは、僕の人生だから」

年嵩の女中のお陰で綱丸と出会い、自分でも気付かないうちに深く傷ついていた心の、その傷跡を別の愛情で塞《ふさ》ぐ。傷跡が完璧《かんぺき》に治ることはないのかもしれない。けれど、それが今の自分なのだ。塞がれた傷跡の上に、宵江たちに憧れて日々剣の腕を磨き、いつか玄狼党の一員として役立てる日を夢見る、今の自分の人生がある。

自分の居場所は、あの小さな弟の傍だ。

尊敬する兄たちと、そして──あの優しい兄嫁の傍なのだ。

手の中に、さっきまではなかった硬い感触がある。目には見えないが、何かを握っている。

十咬は自分が握っているものの全貌《ぜんぼう》を、頭の中で思い描いた。剣術道場でいつも使っている木刀。玄狼党の軍刀の使用がまだ許されていない未熟な自分の、唯一の剣。

「──あなたはもう、僕には必要ありません！」

叫び、身を捩《よじ》って女の腕の中から抜け出すと、十咬は木刀を握った腕を大きく薙《な》いだ。

その瞬間――目の前の女に、鏡が割れるように亀裂が走った。

女は笑顔を浮かべたままこちらに両腕を差し伸べている。この期に及んでまだこちらを惑わそうというのか。

（……やっぱり、あなたは可哀想な人だよ、お母さん）

十咬は女の目を見据えたまま、今度は木刀を両腕でしっかりと握り、上から思い切り振り下ろした。

女の虚像は、周囲の景色もろとも、硝子《ガラス》のように粉々に砕け散った。今度は、微笑みなど残さずに。

後には漆黒の闇が残った。あの女中の遺体も、大広間も、あの不吉な提灯《ちょうちん》も、もうどこにもない。見下ろすと、十四歳の自分の体がしっかりと木刀を握っているのが見える。夜目で辛うじて見えるのではなく、今度は自分の姿がはっきりと見える。

もふっ、と足に茶色のふわふわした塊がぶつかってきた。

俄《にわか》に涙が滲《にじ》んだ。

「……綱丸」

もうだいじょうぶ、と綱丸が見上げてくる。この頼もしい、小さな弟に、愛おしさで胸がいっぱいになった。柔らかい体を抱き上げて、頬をすり寄せる。

「ありがとう。お前のお陰で、僕は僕を見失わずにいられたよ」

綱丸がぶんぶんと尻尾《しっぽ》を振っている。ふわふわの尾が手の甲を叩《たた》くのがくすぐったい。

戻ってこられてよかった、と心から思う。

さっきのあれは、きっと例の術者による攻撃だったのだろう。もしも十咬が母親の虚像の言葉に陥落していれば、あのまま絞め殺されていたのかもしれない。あるいは腕の中に搦《から》め捕られたまま、永久にあの極彩色と無彩色の世界を漂っていたか。いずれにせよ、今となってはぞっとする。

年嵩の女中の顔を思い浮かべる。肺病を奇跡的に克服した彼女は、今も帝都の玄永家の離れに健在だ。中学に入ってからは女中たちに構われることもほとんどなくなっていたこともあり、無性に久しぶりに会いたくなった。

「もしかして、茨斗さんたちや智世様も似たような攻撃を受けてるのかな」

そうかも、と綱丸の耳と尻尾が垂れ下がる。何だか目尻《めじり》まで下がってしょんぼりして見える。

そうと決まれば、と十咬は木刀を帯革に差し込む。

「みんなを捜しにいこう。似たような術に囚《とら》われているなら、自力で抜け出すのは難しいかもしれない。僕らが助けに行かなきゃ」

わう、と綱丸が賛同し、十咬の腕の中から飛び降りる。

辺りは闇に満ちていて、どこに向かえばいいのかもわからないが、とにかく歩き出すしかない。進んでいれば、いつかはどこかに着くだろう。

と――綱丸が飛び降りた足もとの近くに、きらりと光る欠片《かけら》が落ちていることに気付いた。

鋭利な角に気をつけながら拾い上げる。手のひらほどの大きさだ。欠片としてはかなり大きい。

「……鏡の欠片？」

さっき虚像が砕け散ったときの欠片の残りだろうか。それにしては大きすぎる気もするが。

十咬は欠片を矯《た》めつ眇《すが》めつする。自分の姿が映り込むだけの、何の変哲もない鏡の欠片に見える。

「でも、ここに落ちてるってことは、何か意味がありそうだよね」

うん、と綱丸も頷《うなず》く。十咬は試しに腕を伸ばして、欠片を高く掲げてみた。それで何か変化が起きると期待したわけでもなかったが、嬉《うれ》しい誤算で、遠くのほうで何かが煌《きら》めいた。まるで十咬が持つ鏡の輝きに共鳴したかのように。

「これ、罠《わな》かな？」

光のほうにおびき寄せられているとも考えられる。が、このまま闇の中を当て所《ど》なく歩き続けるよりは、何か展望が開けそうな気はする。十咬の考えの通り、この鏡の欠片に共鳴して煌めいたのであれば、その光もまた鏡によるものである可能性が高い。鏡があるのなら、そこに仲間たちの誰かしらが囚われている可能性もまた高いのだ。

いってみよう、と綱丸も急《せ》かすように足もとを歩き回る。

十咬は駄目で元々で、周囲の匂いを嗅《か》いでみた。相変わらず何の匂いもしない。十咬自身と綱丸の匂いがするだけだ。智世が言っていた甘い匂いというのも、やはりわからない。となるとやはり、光のほうへ向かうより他になさそうだ。

十咬はポケットから、きれいに畳んだハンカチと巾着袋《きんちやく》を取り出した。ハンカチはともかく巾着袋を持ち歩いているのは、綱丸が拾ったがらくただったり茨斗が散らかしたがらくただったり、とにかく細々としたものを拾って持ち歩かなければならないことが日頃から多いからである。

十咬は鏡の欠片を念のためハンカチで丁寧に包み、巾着袋に入れた。これで歩いているだけで欠片が袋を突き破って落ちてしまうということもないだろう。ハンカチと巾着袋で二重三重になっているのに、欠片はまるでものともせず光り続けているけれど。

「これでよし、と。――さぁ、行こう綱丸！」

言うが早いか、十咬と綱丸は揃って駆け出した。

光の差すほうへ向かって。

第四章　夜に括《くく》られ

目を開くと、灰色の空が広がっていた。

今日も洗濯物が乾かないと女中たちが文句を言うのだろうな、と思いながら紘夜は起き上がる。寝転がった覚えはないが、昼寝でもしていたのだろうか。睡眠時間は日頃から他者より短いほうで、仮眠を取る習慣もないのだけれど。

玄永一族は大所帯だ。母屋である屋敷の他に、離れが三棟。一棟は独身男性用、一棟は独身女性用で、もう一棟は夫婦や家族連れ用の集合住宅として使われている。玄狼党の隊士たちや女中たちが屋敷で仕事をしたり、有事の際は全員が屋敷の大広間に集まることもあるが、基本的にはそれぞれが暮らす離れにいることが多い。梅雨の時期はその四つの建物の中が、部屋から廊下から、大人数の洗濯物でいっぱいになるのだった。

紘夜の住まいは母屋である屋敷の中だ。当主の側近たちが使用する一角があり、そこに両親と三人で暮らしている。両親は揃って玄永家当主に仕えており、紘夜もごく自然な流れで、自分も将来は次期当主に仕えるのだと幼い頃から思っていたし、それに対して異論もなかった。当主も紘夜の学力や処理能力の高さを買ってくれており、十二歳になり尋常小学校を卒業したら惣領《そうりょう》に仕えてほしいとかねてより声を掛けてくれていた。高等小学校へ進むことも許可してもらえたので、これについても紘夜にはまったく異論はなかった。有り体に言えば、出世街道を順調に歩んでいたのだ。

――そう思っていた。今朝までは。

（……そうだ。思い出した）

紘夜は辺りを見回す。見慣れた自分の部屋だ。親子三人住まいの部屋の一角を、高等小学校への進学を機に衝立《ついたて》で区切り、簡易的な勉強部屋にしてもらった場所。その窓際に置かれた読書用の長椅子の上で眠っていたのだった。

所謂《いわゆる》、ふて寝というやつだ。

今朝の出来事を思い出し、あまりの忌々《いまいま》しさに思わず手近の書物を手に取り、壁に向かって思い切り放り投げた。大きな音を立てて壁にぶつかり、真ん中から開いたまま伏せた状態で床に落下したそれを見て、すぐに後悔した。物に当たったことなど今まで一度もなかったのに。

渋々本を拾い上げ、几帳面《きちょうめん》に元の位置に戻し、再び長椅子にどかりと座る。誰が見ているわけでもないが、腕を組み、なるべく尊大に見えるように。自分は今怒っているのだと誰に気付かれたいわけでもない。ただこの憤りの行き場がどこにもないだけだ。

と――外から無遠慮に扉が開かれる音がした。ずかずかと歩み寄ってくる足音。次いで衝立の脇から、長い黒髪を尻尾のようにひとつに縛った少年、茨斗がひょっこりと顔を覗《のぞ》かせた。

「うわー。紘夜、偉そう」

「何だいきなり！」

紘夜は思わず言い返す。相手が五歳も年下の、わずか七歳の子どもであることなどこの際関係ない。幼い頃から同じ家の中で、兄弟のように育ってきたのだから。

一人っ子の紘夜にとっては、茨斗と宵江が同じ年に生まれたとき、まるで双子の弟でもできたような気分だった。けれども中身は二人ともまるで違う。表情が乏しく、いつもどこか自信なさげな宵江に対し、この茨斗という弟はとにかく明るく天真爛漫《らんまん》で、くるくると表情が変わる。年上に対しても一切物怖《ものお》じしないし、何より悪戯《いたずら》の質《たち》が悪い。悪質な悪戯というよりも、意味がまるでわからない悪戯をするのだ。傘の取っ手に竹輪を差し込んだり、蒲公英《たんぽぽ》の綿毛を部屋の扉付近の床にびっしりと敷き詰めて、気付かずに部屋に踏み込んだ途端に舞い上がるようにしたり。

茨斗はやはり無遠慮に歩み寄ってきて、紘夜の隣に座った。

「あんなことがあったから、ふて寝でもしてるのかと思ってたよ」

図星を指されてどきりとする。

「そ、そんなわけあるか」

思わずどもってしまう。妙なところで鋭い茨斗には気付かれたかもしれない。果たして茨斗はにやにやと笑いながら、両足をぶらぶらと揺らす。茨斗には長椅子の背が高く、座ってしまうと足が届かないのだ。

「でもさ、おれもびっくりした」

茨斗は自分が揺らしている自分の両足を見つめながら言う。

「まさか紘夜が宵江付きの側近に任命されるなんて。紘夜は大人になったら次の当主の側近になるって聞いてたから、てっきり来光くんのほうだと思ってたのに」

その言葉に、紘夜は歯嚙《はが》みした。

――そう。まさにその件で、自分はふて寝や物に八つ当たりなどという、甚だ不名誉な行いを一日のうちにしてしまったのだ。

今朝、紘夜は当主である玄永弥明《みめい》に直々に呼ばれた。いよいよ惣領付きの側近への昇格を言い渡されるのだと悟り、胸が高鳴った。これまでの紘夜は何者でもない、ただ玄狼党隊士である両親の息子というだけの存在だった。それがこれからは、自分も対外的に何者かになれるのだ、と。

それなのに――呼ばれて向かった当主の書斎に弥明とともにいたのは、玄永家次男である宵江だった。

この頃、長男の来光ではなく次男の宵江が惣領に決まっていたことは、部下たちにはまだ伏せられていた。宵江がまだ年齢的に幼く、周囲からの過度な期待など無駄な負担が掛かるのを防ぐためというのが大きな理由だった。大人たちの間には薄々、来光が獣としての気性を強く持って生まれたため、人間を守る使命を持つ次期当主には相応《ふさわ》しくないのではないかと気付く者もいた。だが無論、誰もそんな不敬極まることを口に出したりはしなかった。そのため紘夜は、来光こそが玄永家の次期当主であり、学力優秀な自分はその来光付きの側近になれるものと信じ込んでいたのだ。

緊張した面持ちでこちらを見る宵江と目が合った瞬間、紘夜は、自分は何か当主の不興を買ったのだと思った。だから来光ではなく、弟の宵江の側近にさせられるのだと。

宵江のことは嫌いではない。むしろ生まれたときから弟としてかわいがってきたつもりだ。素直に本人たちに伝えることはないものの、手のかかる弟もかからない弟も、同じように大切に思っている。

だがそれとこれとは話が別である。

紘夜は大きく息を吐いた。憤りはじくじくと、幼い自尊心を蝕《むしば》んでいく。

「……弥明様は身勝手なお方だ。俺に何度も将来は惣領付きだって仄《ほの》めかしておいて、なんで今さら嫡男じゃない宵江付きなんだ」

「おれが言うのもなんだけど、それ、さすがに不敬じゃない？」

「本当にお前にだけは言われたくないな」

でも、と茨斗は壁にもたれる。

「おれは宵江に仕えたいけどな。来光くんのことも別に嫌いじゃないけど、来光くん、おれがいたずらしても全然笑ってくれないし。これからずっと傍に仕えるって考えただけで息が詰まるっていうか」

「ほら見ろ。お前だって大概不敬じゃないか」

「おれはまだ弥明様からなんにも任命されてないしー」

「大体、笑わないのは宵江だってそうだろう」

「まぁそうなんだけどー」

「それに来光が笑わないのは、笑えない悪戯だからじゃないのか?」

「……もういいよっ」

茨斗は頰を膨らませ、とにかく、と勢いをつけて長椅子から飛び降りる。

「このことで宵江とぎくしゃくするのだけはやめてよね。間に挟まってるおれがあわあわしちゃうから」

「……別にお前を間に挟んだ覚えはないが」

はいはい、と生返事を返し、茨斗は長い髪を揺らしながら走り去っていく。

五つも歳下の子どもに諫《いさ》められてしまったことで、紘夜の惨めさはいや増すばかりだった。

正式に宵江付きの側近という立場に昇格——だか降格だか——したとはいえ、紘夜のやることは今までとあまり変わらなかった。

学校に通って勉学に励み、宵江の護衛をし、宵江の補佐をする。今まではそこに来光の補佐も入っていたものの、これがまったくなくなり、宵江一人に集中することにはなったが。

宵江が将来当主助勤の立場になるからだろうか、来光はこれまで以上に宵江に厳しく当たっていた。紘夜をしても「そこまで厳しく言わなくても」と思うほどだった。いくら大人びているとはいえまだ七歳、ただでさえ表情の乏しい子どもだった宵江はすっかり萎縮《いしゅく》してしまい、それまで以上に笑いもしない、泣きもしない子どもになっていった。その分茨斗が悪戯を仕掛けては笑ったり、怒られては泣いたりするから、何となく全体の均衡は取れているといえば取れているのだけれども。

変わったのは紘夜の心持ちだけだ。

これまでの紘夜は、宵江の補佐をしているときであっても、心のどこかには「将来は次期当主の来光に仕える」という誇りのようなものがあった。

だがその未来へと続く道が断絶されてしまったのだ。

これは畢竟《ひっきょう》、自分の未来が閉ざされたも同然だった。

「……紘夜?」

宵江の黒い双眸《そうぼう》がこちらを覗き込んでくる。

「どうした? 具合が悪いのか?」

真摯《しんし》にそう問うてくる弟に、紘夜は内心で頭を掻き毟《むし》った。この子どもは他者の変化には敏《さと》いのに、他者が抱える負の感情にはあまりにも鈍い。

なんでもない、と首を横に振って、紘夜は目の前のものに視線を戻した。

考え事をしている場合ではない。今は任務の最中なのだ。

宵江付きの側近になって以降、紘夜のやることは今までとあまり変わらなかったが、ひとつだけ大きく変わったことがある。宵江が玄狼党の任務のうち危険度の限りなく低いものを、弥明の指示で一部任されるようになったのだ。十五歳になったら正式に隊士として採用されるための試験を受けることになるが、そこに至るまでの研修期間のようなものが始まったということだろう。紘夜もまた、宵江を補佐して任務に出るようになった。

といっても、まだ軍刀も支給されていない身である。戦闘が発生するような任務はそもそも割り当てられず、後方支援や後処理の手伝いが主だ。それもあって紘夜にとっては玄狼党の任務に従事しているという自覚もあまりなく、やはり今までとあまり変わらない、将来への展望と意欲だけが削《そ》がれた状態なのだった。

今もそのようにして、宵江と玄狼党の任務に就いている真っ最中である。

一応、もし何かあったときに自分の身は守れるようにと、二人とも木刀を腰に帯びてはいる。紘夜の役目である宵江の護衛には無論、何かがあれば身を挺《てい》して宵江を護《まも》ることも含まれている。そのためには勉学のみならず、剣術の研鑽《けんさん》だって日々怠ってはいない。

（それだって本当は、来光のためだったんだ）

そんな思いがどうしても頭をもたげる。

もちろん宵江のことだって、いざとなったら茨斗のことだって、何かがあれば身を挺して守るつもりだ。けれどそれは、紘夜の心持ちとしては、兄としてなのだ。側近としてではなく。

今回の任務は、先日玄狼党の末端隊士が担当した妖《あやかし》討伐の後処理である。そもそも戦闘経験のまだ浅い末端隊士に振り分けられた任務というだけあって、討伐対象もたいした妖ではない。大人の背丈ほどもある巨大なタガメの姿をしているが、大きいだけで本来害はないのだ。ただ、地面の比較的浅いところに巣穴を掘るため、たまに落とし穴のように人間が滑落してしまうことがある。たまにで済んでいるのは、基本的には巣穴は山中にあるからだ。今回討伐対象となったのは、悪知恵を働かせて人間をわざと巣穴に落下させようとした個体だった。実際に人間の子どもが落ちて骨折してしまう被害が出たため、玄狼党の出動に至ったわけだ。妖の中にはもともと種として知能が高く、人間に害をなす者と、本来はそんな知能などないのにたまたま個体差で知能が高く生まれ、人間に害をなす者とがいる。そのどちらも玄狼党の討伐対象であり、今回は後者というわけである。

その妖の討伐自体は末端隊士が既に済ませていて、普段ならば後処理担当の別の隊士が、人間社会から妖の痕跡《こんせき》を消すための後処理の任に就くところだった。それを今回は宵江が任されたのだ。この妖自体、直接攻撃を加えてくる性質ではないため、他の妖に関する後処理よりも安全だと判断されてのことだった。

紘夜にとっては、宵江とともに出る何度目かの現場仕事だ。

今二人の目の前には、件《くだん》の妖が残した痕跡である巣穴がある。体躯《たいく》の大きな妖のものだけあって、大人が何人か並んでゆうに横になれるほどの大きさだ。今は紘夜がこの一角に結界を張っているため人間からは見えないはずだが、町外れの空き地とはいえ人間社会のど真ん中である。紘夜もまだあまり長時間は結界を張り続けることができないため、手早く済ませないといけない。

宵江はしばらく紘夜の様子を窺《うかが》うような素振りを見せたが、やがて諦《あきら》めたのか、同じように視線を目の前の大穴に戻した。

「とにかく、この穴を早く埋めないと」

言って宵江はまた紘夜を見る。今度はこちらの様子を窺うのではなく、こちらに指示を与えるような仕草だ。こういうふとした素振りに、紘夜はたまに宵江に、主《あるじ》としての風格の片鱗《へんりん》のようなものが見えるような気がしていた。

紘夜は頷《うなず》いてみせる。人間の目から隠れるための結界は問題なく張っている、という合図だ。

宵江は頷き返し、目を閉じた。そして一瞬、呼吸を止める。

次の瞬間には、宵江は黒髪の人間の子どもの姿ではなく、中型の仔犬《こいぬ》ほどの大きさの、玄《くろ》い狼の姿に変化《へんげ》していた。

後処理の方法をどうするか考えるのも任務の一環だ。今回は宵江は、小さな人間の体で大きな道具を使って土を運ぶよりも、狼の姿で土を蹴《け》って埋めたほうが早いと判断したようだ。これは宵江ならではの判断である。普通、宵江の年齢くらいの狼の妖の子どもは、一度狼の姿になってしまうと、しばらく力を溜《た》めないと人間の姿には戻れない。紘夜の年齢であっても同じだ。玄狼党の入隊試験の目安が十五歳なのは、そのくらいの年齢であれば、人と狼の姿を自由に行き来できるようになるからである。それを宵江は大人のように、難なくこなしてみせるのだ。さすがは当主の息子というところか。

宵江が四つ足で土を蹴り始めたので、紘夜も持参した移植籠手《スコップ》――なぜか極彩色だ。誰かが塗り直したのだろうか――で土を掬《すく》う。紘夜はしばらく結界を張り続けなければならず、狼の姿になるために力を割けないので、人間の姿のままだ。

必要な仕事だと理解はしている。いくら雨月家当主の力で、妖に行き合った人間の記憶から妖に関する記憶を取り出してうやむやにできるとはいえ、現場に物理的に残ってしまった痕跡は誰かが処理しなければならないのだから。

それでも――自分は何をしているんだろう、という気持ちは消えない。

本当であれば今頃は来光の側で、ひょっとしたら、腰の木刀を振るうような任務に就くことができていたかもしれないのに。

――このとき当の来光は、いずれ来たる若隠居生活に向けての準備を一人で着々と整えていたのだが、紘夜は知る由もなかった。

とにかく今は、玄い子狼と二人、大穴を埋め立てるしかないのだ。それが自分に与えられた任務なのだから。

（――もしかして、ずっとこのままか？）

この先ずっと、宵江の傍に仕えている限り。

うじうじと考えたくなどないのに、惨めさが募っていく。

（後からやってきた誰かに、当主の側近の座を奪われて――俺はずっと）

生涯、宵江と二人で、こうして穴を埋め続けるのか。

茨斗がその座に就く可能性だってある。本当に後からやってきた新人隊士である可能性だって。いずれにせよ、他の誰かだ。自分ではなく。

こうして穴を埋め続けている息子の姿を見たら、両親はどう思うだろう。惣領《そうりょう》の側近を外されたことについて、まだ両親とはきちんと話せていない。宵江の補佐や勉強で忙しい振りをして、対話を避けているのだ。

「紘夜？　本当にどうしたんだ？」

いつの間にか手を止めて思考に没頭していた紘夜に、宵江はまた心配そうに声をかけてくる。今度は小首まで傾げて。

弟のその、愚直なまでの優しさに苛立《いらだ》った。こっちが今何を考えているのか知らないくせに。この心優しい弟に心配してもらえるようなことは、何一つ考えてやしないのに。

宵江の誠意に誠意を持って応《こた》えたい。それも紛れもない事実だ。それと同じように、自分の力を認められたい、そうでないと耐えられない自分も同時に存在しているというだけで。

そうだ。宵江はまったく悪くない。

信頼しているはずの紘夜という兄から、処遇についてこんなふうに恨み言を並べ立てられるようなことなんて、何もしていないではないか。

悪いのはすべて――この事態を招いた弥明だ。

「――くそっ!」

紘夜は吐き捨て、地団駄を踏むように土を踏み締めながら、移植籠手を持つ手をがむしゃらに動かした。体を動かし足りないから、こんなことをぐるぐると考え続けてしまうのだ。考えたいわけではない。考えたいわけではないのに。

(くそっ、くそっ……!)

前足で土の感触を確かめていた宵江が、はっと動きを止める。

「待ってくれ、紘夜。ここの地面、なんか変だ。やわらかすぎる。もしかして、地面の下に何か――」

宵江が言い終わるより先に、紘夜の移植籠手が勢い余って、宵江が指し示した部分を突き刺した。

(うるさい。俺に指図をするな――!)

目の前の宵江の姿に、弥明がこちらを見下ろす姿が重なる。人を試すような表情で、宵江の側仕えとなることを紘夜に命じた弥明。来光と同じ――宵江とは違う、銀色の髪を持つ狼。

あなたの命令など聞くものか、と──頭の中で噛《か》みついた瞬間だった。一瞬で霧が晴れるようにして、弥明の幻が脳内から消え去る。

宵江の、呆《ほう》けたように目を見開いた顔が飛び込んできた。

なぜ自分が人の姿に戻っている。そして、こちらに必死に手を伸ばしている。

自分が宵江を見上げているのだろう、と紘夜は思った。自分のほうが無論のこと身長は高いはずなのに。宵江の背後に青空が見える。

紘夜はようやく、足もとの地面が崩れ、自分がさらに深い穴へと落下しようとしていることに気付いた。

つまらない悩み事に頭の中を占領されていない状態であったなら、紘夜も咄嗟《とっさ》に狼の姿になって、穴の底へ軽々と飛び降りたかもしれない。だが普段の紘夜からは考えられないほど反応が遅れた。移植籠手を握り締めたまま、なす術《すべ》なく頭から落下していく。

──宵江も一緒に。

「──っ！　宵……」

名前を呼ぶより先に、宵江の、紘夜よりも遙かに小さな体が、信じられないほどの強い力で紘夜の腕を摑《つか》み、そのまま自分のほうへと引き寄せた。そして空中で体を反転させる。自分の体が地面側になるように。

「おい宵江！　放──」

——大きな音を立てて、紘夜は穴の底に落下した。宵江を下敷きにした状態で。

その瞬間腕が緩んだので、紘夜は慌てて起き上がる。

「馬鹿、部下を庇《かば》う奴があるか！　俺の任務はお前を——」

——守ること、なのに。

その言葉は最後まで声にならなかった。

宵江は目を閉じたまま動かない。

「……おい、宵江。宵江？」

体をゆさゆさと揺らしてみる。だが同じだ。睫毛《まつげ》の先すらぴくりとも動かない。

じわじわと焦燥感が湧き上がってくる。そうだ、早く宵江を担いで屋敷に戻らなければ。頭を強く打ったのかもしれないのだ。一刻も早く救護係の隊士に看《み》てもらわなくてはならない。

だけど、と紘夜は上を見上げる。遥《はる》か上方、穴の入り口で空が丸く切り取られている。狼の姿で脚力を強化した状態であっても届くような高さではない。まだ昼間だから深い穴の底であっても陽光が届いているが、それは穴の中に摑まってよじ登ることができるような出っ張りなどどこにもないということを紘夜に知らしめただけだった。

ここで助けを待つべきだ。宵江がこの時間ここにいることはもちろん玄狼党の隊士たちは知っている。いつまでも戻らなければ、誰かが心配して様子を見に来てくれるだろう。だがそれまで宵江の体力はもつのか。もし取り返しのつかない怪我だったら。

(くそ、一体どうすれば……)

穴はとても広い。光が届いていないところがどれほど広いのか見当も付かないが、ざっと見渡しただけでも、屋敷の大広間ほどの広さがある。これほどの大穴が自然に空くとは考えにくいから、何か別の妖《あやかし》の巣穴を運悪く掘り当ててしまったのだろうか。地中にこれほどの巣穴を作る妖といえば――

――ぞろり、と闇が蠢《うごめ》いた。

まさか、と紘夜は息を呑《の》んでその闇を凝視する。

大人の背丈よりも大きな蜘蛛《くも》が、二匹、三匹と光の中に姿を現わした。

「土蜘蛛……!」

土蜘蛛たちはこちらを警戒している。それはそうだろう、突然巣穴の天井を突き破って落ちてきたのだから。

紘夜は宵江に覆い被《かぶ》さるように庇いながら、土蜘蛛から目を離さないよう叫ぶ。

「……違う! 俺たちはお前たちの巣穴を荒らしに来たわけじゃない。危害を加えるつもりはないんだ!」

必死に叫びながらも、言葉の通じる妖はほんの一握りであることを思い出す。妖は、獣と同じだ。同じ種の妖同士で意思の疎通を図ることはできても、狼と蜘蛛とでは会話を交わすことはできないのだ。蜘蛛側がよほど知能の高い個体でもない限りは。

人間社会に姿を現わさず、片隅にひっそりと暮らしている無害な妖たちは畢竟《ひっきょう》、人間をわざわざ害そうという悪知恵を巡らせる知能のない妖たちだ。いくらこちらが言葉を必死に並べ立てても、それを受け取ることはできないのだ。

土蜘蛛たちが攻撃態勢に入っている。見えているのは三匹だが、闇の中にはどれほど潜んでいるだろうか。土蜘蛛は基本的に群れで暮らす。もし奇跡的に三匹を倒すことができても、その後ろにはまだまだ大勢の仲間がいるはずなのだ。

紘夜は腰の木刀の柄《つか》を握って腰紐《こしひも》から抜き、構える。こうなっては戦うよりほかない。せめて宵江が目覚めるまで。それまで堪えることができたなら、自分が盾となっている間に宵江を逃がすこともできるかもしれない。兄として、それが何よりも弟にすべきことだ。

汗がこめかみから流れ、顎先《あごさき》からぽたりと落ちる。

それが合図だった。

わずか十二歳の少年が木刀を振るって戦うには、土蜘蛛は決して容易な相手ではない。妖ではない普通の虫である蜘蛛のうち一部の種類がそうであるように、土蜘蛛の糸もまた獲物を麻痺《まひ》させる毒を持っている。硬い外殻に覆われた二メートルにも達する体躯《たいく》はそれだけで脅威だ。加えて八本の長い脚は、こちらの木刀ほど自由自在に動かせはしないにしろ、武器としての強度は遜色《そんしょく》ない。それが見える範囲だけで三匹。しかもこちらには気を失ったままの仲間がいる。

紘夜は宵江を背に庇いながら、土蜘蛛たちを宵江に近寄らせないよう木刀を振るう。もともと討伐対象ではなかったのだからと、手加減して相手を昏倒《こんとう》だけさせるような器用な真似など、紘夜にできるわけもない。そもそも力いっぱい木刀を打ち込んでも、倒すどころか、昏倒すらさせられるかどうか。

（冷静になれ。稽古《けいこ》を思い出せ……！）

実戦経験などほぼないに等しい。それもこんな巨大な妖を複数相手取るなどと。それでも恐慌状態に陥って木刀をめちゃくちゃに振り回すような醜態を晒《さら》すことだけは避けなければならない。日々の剣術稽古の通りに、打ち込んでは一歩下がり、呼吸を整え、また打ち込む。

土蜘蛛の胴体の硬い外殻に何度木刀を打ち込んでも、果たして効いているのかいないのかわからない。幾度目かの攻撃を脚で弾《はじ》かれ、腕が強く痺《しび》れる。木刀を取り落とさないようにするだけで必死だった。相手を少し弱らせられたと思っても、今度はそいつが後ろに下がり、また別の奴が紘夜の前に出てくるのだ。

「いつまで寝てるつもりだ、宵江！　早く起きろ！」

思わず語気も荒くなる。

渾身《こんしん》の一撃を、また脚で弾かれる。蓄積した疲労は紘夜の足から均衡を一瞬奪い、思わず蹈鞴《たたら》を踏む。膝《ひざ》をついたところに追撃が来る。こちらの頭を狙って振り下ろされる脚を、両手で木刀を握って受け止める。

もう肘《ひじ》から先の感覚がない。紘夜は思わず宵江のほうを振り返る。

「宵江！　いい加減に――」

起きてくれ、と続けようとした言葉は、途中から弟を呼ばわる悲鳴に変わる。暗闇に潜んでいた別の一匹がいつの間にか宵江に迫っていたのだ。その脚が、いまだ目覚めない宵江に向かって振り上げられ――

――振り下ろされる前に、人影が割って入った。

動きに合わせて、高い位置でひとつに縛られた銀色の長い髪が舞う。

土煙を上げて、宵江に襲いかかろうとしていた一匹が後ろに下がった。紘夜が鍔迫《つばぜ》り合いをしていた一匹も。銀髪の男は武器の類《たぐ》いを一切持っていないのにだ。まるで威光にあてられて思わず後退したかのような動きだった。

玄永家の当主であり、狼の一族の頭領である、玄永弥明の放つ威光に。

「……弥明、様」

紘夜の声が掠《かす》れる。さっきから土煙をしたたかに吸い込んでいて、喉《のど》はずっと痛んでいる。

弥明はこちらを振り向いた。宵江とよく似た面立ちを厳《いか》めしく引き締めている。宵江は先頃長逝した母親の柔らかい雰囲気を受け継いでいるが、弥明は宵江にはない、どことなく野生の獣のような粗野さを持っているのだ。普段は決して表情が乏しいわけではないのだが、話しかけづらい雰囲気を持っているのは確かだった。

金色の双眸《そうぼう》が紘夜を厳しく射貫《いぬ》く。

「お前の役目は何だ、紘夜」

紘夜はぐっと言葉を呑み込んだ。言い訳などできる状況ではない。

どんな予想外の事態があったにせよ、紘夜は今、護《まも》るべき主《あるじ》を自分の代わりに気絶させてしまった上、敵の攻撃をみすみす食らわせることにもなりかけた、どうしようもなく役立たずの側近なのだから。

「……申し訳、ありません」

消え入るような声で紘夜が呻《うめ》くと、弥明は笑った。嘲《あざけ》るように。

「そのざまでよく自分に惣領《そうりょう》の側近の資格があると思ったものだな」

「……っ！」

顔が熱くなる。あまりの羞恥《しゅうち》に、今すぐこの場から消えてなくなりたかった。

見抜かれていたのだ。自分の内に燻《くすぶ》る、このあまりに未熟で幼い傲慢《ごうまん》さを。

だから弥明は惣領である来光の側近から紘夜を外したのだ。それみたことか、と思っているに違いない。現に紘夜は、宵江すらも護ることができなかったのだから。

惣領の側近となる実力がなかった。処遇に憤る資格すらそもそもなかった。ただそれだけの、単純な話だったのだ。

腕も、宵江を主として敬う心も、何も足りていなかった。

兄として弟を守ることとさえ、満足にできなかった。

そんな有様で、自分に何ができると言えようか。

「お前は何もできない役立たずだ、紘夜。自尊心ばかりが無駄に育ってしまった分、ただの役立たずよりも質《たち》が悪い」

一言一句、弥明の言う通りだ。何も反論できない。

弥明から紘夜の両親に、紘夜の処遇についての話は当然行っているだろう。その際には弥明の口から直接、紘夜が惣領の側近から外された理由が説明されたはずだ。幼い頃から将来は惣領付きにと目されて誇らしく思っていたであろう息子が、実力を伴わない空虚な自尊心に取り込まれて落ちに落ちてしまった有様を、二人はどう思っただろう。きっと恥ずかしくて、弥明の前から消えてなくなりたいと思ったに違いない。まさに今の紘夜のように。

（だめだ。このまま父上と母上に合わせる顔などない）

宵江付きになってから今朝までの、両親の紘夜に対する優しい笑顔が思い浮かぶ。あれは憐《あわ》れまれていたのだ。どこへ出しても恥ずかしい息子だ、と叱咤《しった》されてもおかしくない状況だったのに、二人はそんな素振りは一切見せなかった。それをしたら、息子が粉々に砕け散った自尊心を前に呆然《ぼうぜん》と立ち尽くすしかないということに、親である二人はきっと気付いていたから。

（実力も伴っていないくせに――頭でっかちで傲慢な、見るに堪えない餓鬼だ）

――いなくなりたい。消えたい。

弥明の目の前から消えて、両親と二度と顔を合わせなくてもいい場所へ。

目覚めた宵江に、二度とこの無様な姿を晒さずに済む場所へ。

（……いっそのこと）

木刀を握る手に力がこもる。

（土蜘蛛《つちぐも》どもと、相討ちに――）

じっとこちらの様子を窺《うかが》っていた土蜘蛛たちが、息を吹き返したように、弥明の背後からこちらに向かってにじり寄ってくる。幾本もの脚が振り上げられる。その様はまるで、弥明が土蜘蛛どもを率いてこちらに攻め入ってきているようだった。

上等だ、と紘夜は踏み込んだ足で土を蹴《け》った。相討ちになるなら、敵の数は多いほうがいい。紘夜は土蜘蛛たちの中に突っ込み、剣術修行で学んだことを完全に無視してめちゃくちゃに腕を振った。そんな戦い方をしていれば体力などすぐに尽きる。汗が目に入りぼやける視界の端に、紘夜を狙う太く長い脚が横薙《よこな》ぎに打ち込まれ――

――その脚に紘夜の胴体が叩《たた》き折られるよりも先に、木刀が弾き飛ばした。

紘夜のではない。

「……宵江」

呆然と呟《つぶや》く。

紘夜よりも遥《はる》かに小さな体が、土蜘蛛の脚を大きく払った低い体勢のままで、土蜘蛛たちを強く睨《にら》み据えていた。

その横顔を見下ろしているだけで、圧倒された。

（……なぜ）

こんなにも強い威光を放つ子どもが、なぜ惣領ではないのだ。

なぜ──こんなにも必死に誰かを護ろうとする子どもが、群れの長《おさ》ではないのだ。

「──紘夜を傷つける奴はゆるさない。おれは主として、仲間をまもる」

こんなにも主としての、群れの長としての、燃え上がるような気迫に満ちた子どもが
──なぜ。

紘夜は目尻《めじり》を拭《ぬぐ》った。憤りか悔しさか、あるいは宵江の雰囲気に圧倒されたのか、涙が勝手に滲《にじ》んでいたのだ。

そのまま木刀を構え、宵江と土蜘蛛どもの間に割って入る。

「下がっていろ、宵江」

「紘夜！」

「主を護るのが部下の役目だ」

踏み込んだ足で土を蹴る。そして木刀を握った腕を振る。今度は修行で学んだ通りに。

毎日毎夜、愚直に学び続けた通りに。

紘夜は自分の本心をも読み違えていたのだ。惣領付きの座を外されたという衝撃のあまり、そして己の肥大した矜持《きょうじ》に目隠しをされるあまり、自分が本当は何が悔しかったのか、何に憤っていたのか、今の今までずっとわからずにいたのだ。

獣に近い気質を持って生まれ、己にも他者にも厳しく振る舞う来光。

自己評価は異常なほど低くても、常に人間に寄り添い、他者に寄り添う宵江。

部下として仕えるならば来光のような者が主に相応《ふさわ》しいと思っているのも確かだ。——でも。

(俺は宵江を、兄として護りたかっただけじゃなかったんだ。部下として、一番側で——群れの長として戦う宵江を支えたかったんだ)

勿論《もちろん》そんなことはあり得ない。宵江は次子で、嫡男は来光なのだから。

それでも悔しかったのだ、自分は。一番側で見ていたから。宵江ほどに玄永家の——人間社会を護って戦う狼の頭領に相応しい者は他にいないと、どこかで確信していたから。

(宵江が頭領助勤の立場を受け入れて日々励んでいるのに、そんなこいつにいつまでもいじけた姿を見せていたなどと、兄としてすら自分自身が恥ずかしいぞ、俺は！)

宵江は今きっと、戦うこちらの姿を見ている。

挽回《ばんかい》するなら今しかない。

己の認めた主に——お前の部下はこんなにも役に立つと証明するためには。

紘夜は目の前に迫った土蜘蛛の脚を薙《な》ぎ払い、掻《か》い潜《くぐ》り、軌道を変えた。弥明のほうへ。

「——父上!?」

ようやく父親が来ていることに気付いたのか、宵江が驚いた声を上げる。

（悪いな、宵江）

紘夜は彼に心の中で詫《わ》びた。今から紘夜がする行動は、宵江に一瞬強い衝撃を与えてしまうだろうから。

弥明はこちらを見ている。改めて向き直ってみれば、さっきはなぜあんなに圧倒されてしまったのかわからないほど、その双眸《そうぼう》には何の力も感じない。

そんなのは当たり前か、と紘夜は独りごち、大きく踏み込む。

そして木刀を強く握る。手に馴染《なじ》んだ柄《つか》の手触り。幾度も任務に出て、幾度も戦いを繰り返すうち、その柄は紘夜の指の形に少しずつ馴染んでいくのだ。

――幾度も戦場をともにした、紘夜の軍刀。

木刀だと思っていたものが、いつの間にか手の中で軍刀に変わっている。

紘夜はそのまま、弥明を幾度も斬りつけた。

こちらを見る弥明の顔に、幾筋もの亀裂が入る。まるで蜘蛛の巣のように。

「馬鹿め」

紘夜は吐き捨てた。勝ち誇っているようにも聞こえたかもしれない。

「十二の頃の俺の勉強量をなめるなよ。土蜘蛛が他者に化けることくらい、尋常小学校時代の俺だって知っている」

弥明の体が硝子《ガラス》のように砕け散る。霧散する直前、その体は巨大な蜘蛛の体軀《たいく》に戻り、砕け散った。

紘夜の軍刀はその勢いのまま、闇に潜む他の土蜘蛛どもを斬る。今や大人の体に戻った紘夜の敵ではない。弥明に化けていた土蜘蛛と同じように、硝子のように亀裂が入り、砕け散っていく。周りの空間ごと。

蜘蛛たちの虚像が周囲の景色もろとも消え去った後には、漆黒の闇が残った。

敵がいなくなったことを注意深く確認してから、紘夜は軍刀を下ろす。

――厄介な敵だ、と独りごちた。

こちらに過去の幻を見せ、それを幻だと気付かせないまま、過去に受けた心的外傷のようなものを的確に抉《えぐ》ってくる。自分の場合はまだましだが、と紘夜は弟たちを思う。そして悪友のことも。

(俺はある意味では、敵に感謝せねばならんな。未熟なくせに傲慢《ごうまん》だった過去の自分を見ると殴り倒したくなるが、この先一生、あの頃のことを思い出しては恥ずかしい思いをしたり頭を抱えたりすることが、俺にとっての罰なんだ)

――敵が見せた幻では紘夜は宵江を護《まも》って土蜘蛛たちと戦ったが、本来の記憶では、襲いかかってくる土蜘蛛から紘夜を護ろうとした宵江が、打ち所が悪く再び昏倒《こんとう》してしまった。絶体絶命になったところに、弥明と、紘夜の父である紘藍《こうらん》が助けに来てくれたのだ。二人のお陰で紘夜も宵江も助かりはしたものの、紘夜はその後、紘藍からこっぴどく叱られた。あまりにも当然の叱責《しっせき》だったので、紘夜には返す言葉もなかった。

紘藍が息子に、惣領《そうりょう》は既に来光ではなく宵江に決まっており、紘夜は間違いなく惣領付きの側近として昇格したのだと明かさなかったのには理由があった。自分の息子は確かに実力はあるが、その無自覚な頭でっかちさと傲慢さが、今後命取りになる可能性があると考えたのだ。紘夜の失態はそのまま主《あるじ》である宵江の身の危険に直結する。そうなってしまう前に息子にお灸《きゅう》を据える、ここらがいい機会だと判断したのである。弥明と紘藍は幼い頃からの友人同士のため、弥明も友の意を汲《く》んで黙っていたというわけだ。弥明と紘夜はこの一連の出来事をきっかけに、改めて生涯宵江に仕えると決めたのだった。

――それにしても、と紘夜は溜息《ためいき》を吐き、頭を掻《か》いた。

「なんて性格の捻《ひね》くれた敵なんだ。出会った頃の流里といい勝負なんじゃないのか……、ん？」

ふと足もとで何かが光った気がして見下ろすと、硝子の欠片《かけら》がひとつ落ちている。

「さっき砕け散った虚像の残骸《ざんがい》か？」

手のひらよりも少し小さいほどのそれを拾い上げてみる。やはり鏡だ。弥明に化けた土蜘蛛もろとも過去の幻は粉々になったと思ったのに。

しかし辺りは闇だ。その中にぽっかりと自分が立っていて、そこに落ちていた欠片となると、単なるゴミであるはずもない。持っていることで何かよくない作用がある可能性も拭えないが、そうでない可能性もある以上、これは何なのかがわかるまではこのまま持っていたほうがいいだろう。

しかしどこへ向かうべきか。四方八方ただの闇だというのに――と辺りを見回したとき、遠くにきらりと何かが光った気がした。狼の妖《あやかし》でなければ見逃していたかもしれない、微《かす》かな光だ。あれが敵であろうと味方であろうと、ここでただ立ち尽くしているよりは建設的だ、と紘夜はその光のほうへ向かって歩き出す。

するとある程度歩いたところで、その光のほうも、こちらに向かって進んできていることに気がついた。

まるで一直線に駆け寄ってきているかのようなそれに、思わず立ち止まる。匂いを嗅《か》いでみると、嗅ぎ慣れた匂いが二つした。暗闇に目を凝らすと、果たして思った通りの二人が手を振りながらこちらに駆けてくるのが見える。

「紘夜さん！　無事ですか！」

十咬がひどく焦ったような顔で叫ぶ。その足もとで綱丸が慌てすぎたのか、何もない暗闇に躓《つまず》いて転びかけたのを、十咬が抱き上げてまた走り出す。そしてそれをあの様子だと、十咬のほうもやはり似たような攻撃を受けたのだろう。

紘夜のように乗り越え、克服し、仲間を捜しに来たのだ。この光を頼りに。

「無事だったか十咬、それに綱丸も」

わう、と綱丸が元気よく返事する。

「よかったです、本物の紘夜さんに無事に会えて」

十咬がこちらの匂いを確かめながら安堵《あんど》したようにそう言う。やっぱりか、と紘夜はを知っている。

　紘夜ははっとする。長年玄永家にいる紘夜は無論、十咬が玄永家に来るに至った顛末《てんまつ》
「はい。……母親だった人に会いました」

「お前も過去の幻に囚《とら》われる攻撃を受けたんだな」

　頷《うなず》いた。


　でも、と十咬が強く頷いてみせる。

「僕は大丈夫です」

「……そうか。お前はしっかりした奴だからな。お前のことは心配していないぞ、十咬」

　紘夜は十咬の頭をくしゃりと撫《な》でる。十咬はくすぐったそうに小さく笑った。

「お前は大丈夫だったか？　綱丸」

　問うと綱丸は無邪気に小首を傾げる。

「ぼく、こわいことはなにもなかったよ。すぐにとおがみにいさまをみつけたの」

　成程、過去に対して何の屈託もない赤ん坊には、この攻撃は無効だということだ。

「俺のほうは弥明様だった」

「弥明様……ですか？」

　十咬は紘夜と宵江の間に過去にどんなことがあったのかは知らない。わざわざ他者に話すような内容でもないからだ。

「正確に言うと、弥明様と父上、だな。昔あの二人に謀られたことがあるんだ」

十咬は顎《あご》に手を当てる。今は三区画向こうの別邸に揃って引っ越していった先代当主とその側近たちを思い出しているのだろう。宵江と代替わりする際に力を使いすぎたせいで耳と尻尾《しっぽ》が常時出っぱなしになってしまい、別に不便もないからと未《いま》だにそのまま暮らしている先代当主を。

もっともその生活が成立しているのは、紘藍が弥明のためにあちこち走り回っているからなのだが。

「……あのお二人は、確かにちょっと、こっちを試すようなことをなさる方々ですけど」

含みのある言い方だ。十咬も何か身に覚えがあるのだろう。彼は綱丸を撫でながら続ける。

「でもそれは、僕が成長できるって信じてくださったからこそだと思います。僕は、弥明様のことも紘藍さんのことも、大好きです」

ふわりと笑う十咬は、いつもよりも更に大人びて見えた。きっと幻の中で、何か大きなことを乗り越えてきたのだろう。

「そうだな。俺もだ」

そう答えて、紘夜も微笑んだ。

と——十咬がふと思い出したように巾着《きんちゃく》袋を掲げる。中からハンカチを取り出して開くと、紘夜が持っているものとよく似た鏡の欠片が包まれている。

「虚像が鏡みたいに割れたあと、これが落ちてたんです」

「俺のほうもだ。――ちょっと待て」

紘夜は十咬のほうの鏡の欠片を受け取ると、自分が持っているものと合わせてみた。まるで元はひとつだったかのように、ある一面がぴたりとはまる。あと何枚かの欠片を同じように合わせれば、ひとつの鏡になりそうだ。

十咬もそのことに気付いたのだろう、鏡を覗《のぞ》き込む。

「これ、欠片を全部集めてひとつの鏡にすると、何かが起きるんでしょうか」

「鏡……、鏡、か。神凪《かんなぎ》が術を使うときによく使う媒体だな」

「やっぱり、式神《しきがみ》を使って攻撃してきた奴と同一犯と思って間違いなさそうですね」

「ああ。そして残りの欠片を集めるとなると――」

紘夜は十咬と目を見合わせる。まだ合流できていない茨斗、流里、そして智世がもし同じような欠片を一つずつ集めることができたなら。

もう一度、二つの欠片を合わせてみる。もしもともと大きな一枚の丸い鏡なのだとすると、ちょうどあと三枚、欠片がはまりそうな余白が空いていることになる。

すべきことが明確になり、二人は頷き合った。

「とにかく、この欠片が放つ光を探そう。皆きっとそこにいるはずだ」

言いながらも紘夜は、この陰湿な攻撃に果たして対抗できているのだろうかと、今ここにはいない悪友のことを思った。

＊　＊　＊

玄永流里という名前は、実は本名ではない。

本当の名はとうに忘れてしまった。

誰かに名前を呼ばれる必要のあった時には、毛並みの色から「枯茶《からちゃ》の」などと呼ばれていた気がするが、無論のこと自分の名前であるという愛着などない。

流里と名乗るようになったのは、もう十五年ほど前の話だ。

そして今――流里の目の前に、彼が流里と名乗るようになったきっかけとなった少女が立っている。

痩《や》せた体に古ぼけた着物を纏《まと》い、派手で艶《あで》やかな着物を肩から引っかけている。ざんばらの髪を緩くまとめ、そして――その黒い双眸《そうぼう》は、じっとこちらを見ている。

「そんな目ぇしよったんじゃね、って言ってくれんのん？」

少女が小首を傾げて微笑んだ。

いつも薄汚れた布で覆っていたのに。白く濁った、盲目の両目を。

周囲に広がっている風景は、見慣れていたはずの見世物小屋の離れの中だ。だが記憶の中と違うところがある。部屋のある部分は無彩色で、ある部分は鮮やかすぎる極彩色なのだ。特にまがい物の人魚の木乃伊《ミイラ》が毒々しい紫色をしているのを見たときは、思わず鼻で嗤《わら》ってしまった。現実世界よりも趣味の悪さに拍車がかかり、却《かえ》って似合ってさえいる。

そして、流里と少女が向かい合って立っている傍らには、人が入れるほどの大きさの檻《おり》がある。今思えば、これは恐らく本来は大型の犬か、猛獣か何かを閉じ込めておくためのものなのだろう。

あの頃、彼女がこちらの姿を見たらどう思うだろうと考えてみたことはあった。何しろ当時の自分は力の消耗が酷《ひど》く、ずっと人間の体から狼の耳と尾、そして鋭い牙《きば》と鉤爪《かぎづめ》が生えた姿だったから。

だが今は違う。あれから十五年経った。今は玄狼党の玄永流里としてここにいる。軍刀を腰に帯びて。

流里は大きく息を吐いた。

「少し前の僕なら、ひょっとしたら引っかかっていたかもしれませんが……」

軍刀の柄《つか》に手をかける。狼の爪と牙《きば》を混ぜて打たれた刀身が姿を現わす。

そして一呼吸後、その刃は少女を捕らえていた。少女の微笑みに、硝子《ガラス》のように亀裂が走る。

「残念でしたね」

少女に顔を近づけ、流里は唸《うな》る。獣のように。

「もうとっくに克服済みなんですよ。どうぞお帰りください、偽者さん」

遠くで強い光がきらめいて、十咬と紘夜は揃ってそちらを向いた。綱丸も体ごと光のほうを向いて、今にも駆け出しそうだ。

「茨斗さんか、流里さんでしょうか」

「奥様かもしれん。とにかく行ってみよう」

光のほうに駆けていくにつれ、光のもとにいる者の匂いがし始める。普段ならばもっと遠くからでも匂いはわかるのに、やはりこの闇の中は術者の手の内ということなのか、嗅覚《きゅうかく》が鈍らされている感じがする。

流里か、と紘夜が安堵《あんど》の呟《つぶや》きを漏らした。果たして光のもとには、十咬たちと同じように鏡の欠片《かけら》を持った流里が立っている。

「流里さん！」

「これ、拾ってもいいやつですか？」

流里はこちらを見て開口一番、そう問うてきた。鏡の欠片を既に拾っているにも拘《かか》わらずだ。相変わらずだな、と紘夜は嘆息した。

「俺たちが拾った欠片を合わせてみたら、どうやら一つの鏡になりそうだった。お前のもきっとそうだと思うぞ」

「断面が危ないので、僕が預かっておきますよ」

十咬はそう言って巾着袋からハンカチを取り出す。中には十咬のものと、紘夜から預かった欠片が入っている。試しに流里のものと合わせて並べてみると、やはり思った通り断面がぴたりと合った。丸い鏡の中心からきれいに五つに割れているようだ。てきぱきとハンカチで欠片を包む十咬を見ながら、流里はひとつ嘆息した。

「なるほどね。鏡を媒体におかしな術をかけてきて、こちらを惑わそうということですか」

「恐らくはこちらにとって心地のいい幻を見せて、現実世界に戻ろうとする気を削《そ》ごうって腹だろうな。ずっとこの幻の中にいたい、と」

「おや、そういう意図の幻だったんですか」

流里は小さく首を傾げる。十咬と紘夜は顔を見合わせる。

「流里さんのは違ったんですか？」

「さあ。敵の目的はともかく、不愉快だったのでさっさとたたっ斬ってしまったものですから」

柳眉《りゅうび》を潜め、流里は低く呻《うめ》く。

「既に死んだ者の、違う生の可能性を提示してみせるなんて。あんなものは、彼女への冒瀆《ぼうとく》です」

「……やっぱりお前の前には彼女が現れたのか」

紘夜が気遣わしげに声を潜めるが、流里はどこ吹く風という顔だ。

「所詮《しょせん》偽者です。心を揺らす価値もありません」

「強いな、お前は」

「物事を受け流すことに長《た》けているだけですよ」

それにしても、と流里は顎《あご》に手をあてる。

「僕らを幻の中に死ぬまで閉じ込めるのが目的だったということは、敵は僕らをばらばらにしたまま、宵江さんのところに再び集まらせたくないということでしょう。結局、敵は宵江さんに何の用があるんでしょうね。僕らに直接手を下さないところを見るに、本人は戦闘能力のない人間ということで間違いなさそうですが」

「何らかの理由で宵江様を孤立させたいのかもしれないが、それにしてはやり方が妙に回りくどいしな」

「そもそも宵江様をひとりにしたところで、僕たちとすら直接戦おうとしない犯人が、宵江様をどうにかできるとはとても思えません」

「となると——他に何か目的が……？」

流里の呟きに、三人ともが黙考する。だがここでこうしていても答えが出るわけでもない。綱丸がそわそわとその場を行ったり来たりしている。茨斗と智世がまだここにいないことが心配で仕方ないのだろう。

「とにかくあの二人と合流しないと。君たちは鏡の欠片が放つ光を頼りに僕に辿《たど》り着いたんですね？」

「ああ。同じように光を探せば、奥様か茨斗がそこにいるだろう。二人がお前のようにあっさりと幻を切って捨てることができるとは限らないからな、いざとなったら俺たちが何とかして助けてやらねば」

「外部から助けることができるんですか？」

「僕は綱丸に助けてもらいました」

十咬は言って、ね、と綱丸を見る。綱丸は三人を見上げ、うん、と頷《うなず》く。

「とうめいのかべのむこうに、とおがみにいさまがみえたの」

「想像もつかないな。今こうして闇の中でお互いの姿だけは視認できるように、十咬の姿が浮かび上がって見えたのか？」

「うん。はしっていったら、かべにぶつかった」

「十咬に近づこうとしたはいいけれど、そこに透明の壁があって近づけなかったということですか」

「うん」

「透明の壁なのに見えたということは、硝子のように光を反射していたということですね」

「わかんないけどみえたよ」

なるほど、と紘夜が腕組みをする。

「術の仕組みはわからんが、俺たちは鏡の術中に閉じ込められていて、そこから何とか抜け出したという感じなんだな」

「茨斗はともかく、智世さんは鏡を力業で割って外に出るなんてことができるでしょうか？」

「宵江様が渡された小柄《こづか》を持ち歩かれてるはずですが……」

けれど女の力だ。それも妖《あやかし》ならばともかく、人間の。

「とにかく、欠片の光を早く見つけるのが先決のようだな。少しの変化も見逃さないよう、気をつけて見回ろう」

「そういえば、綱丸はどうやって僕の光を見つけたの？」

「ぼく、きらきらみつけるの、とくいだよ」

そうだった、と十咬は頷く。綱丸は貝殻やきれいな石など、きらきら光るものが大好きなのだ。散歩のときも大人たちが見逃した微《かす》かな光も見逃さず、宝石のように煌《きら》めく石ころを嬉《うれ》しそうに拾ってくる。

誇らしげに前を歩く綱丸に、紘夜は小さく笑った。

「ならば頼りにしているぞ、綱丸」

「——あ。そういえば流里さん」

十咬はふと声を上げる。

「幻の世界のごてごてした色を見ていて思い出したんですけど、流里さんちょっと前に、中身が入ってる古い葛籠《つづら》みたいなの捨てましたよね？」

「ええ、捨てましたけど」

あれなんですけど、と十咬はやや声を潜める。この上なく深刻極まる話をするように。

「僕は中身は見てませんけど、もし中身が人形だったら、お焚《た》き上げしたほうがいいって中学の同級生が言ってたんです。じゃないと祟《たた》られるからって」

「……人間の世界では、人形を捨てると祟るんですか？　人形が？」

「人形に憑《つ》く付喪神《つくも》の間違いじゃないのか？」

流里と紘夜は揃って首を傾げるが、二人よりも現在進行形で人間社会に溶け込んでいる十咬は首を横に振った。

「その友達のおばあさんが実際に祟られたらしいんです。一月も夜中にその人形が枕もとに立ったんですって。だから流里さん、もしあの葛籠の中身が人形だったら、今からでもお焚き上げしたほうがいいですよ。最悪、もう物がなくても気持ちだけでも大丈夫だって言ってました」

「……お前、茨斗以上に人間に染まっていないか？」

「そのお友達には一生、君が本当は狼の妖だなんて言えませんねぇ」

二人の軽口にも深刻な面持ちを崩さない十咬に、流里は笑った。

「心配しなくても大丈夫ですよ。……中身は、十五年も前にもらったお下がりの古い着物でしたから」

第五章　空《から》の柄杓《ひしゃく》に絡みついた茨

玄永茨斗には、他者には言ったことのない、とある秘密がある。

茨斗は玄永家で生まれた。母親が弥明の側近であったため、離れではなく屋敷内に家族用の部屋が宛がわれており、そこで育った。

しばらくは母親と二人でその部屋に住んでいたが、茨斗が四歳になったある秋の夜、母親が任務中に殉職した。危険な任務ではあったものの、彼女ほどの実力者が亡くなってしまったことは、玄狼党内に大きな衝撃を与えた。

彼女の部下として任務に同行し、何とか生還したとある隊士は、彼女が妖に襲われかけた人間の子どもを庇《かば》って直撃を食らってしまったと報告した。母親を喪《うしな》った悲しみは大きかったけれど、茨斗はその死に様を幼心に誇りに思った。

同じ年に生まれた宵江とは、まるで双子の兄弟のように育った。宵江には実の兄である来光がいたけれど、兄弟仲はあまりいいとは言えなかったし、宵江も同い歳の茨斗のほうが気楽に接することができる様子だった。瞳《ひとみ》の色は茨斗のほうがほんの少し青みがかっているが、髪の色が同じ玄《くろ》であることも、体格がよく似ていたことも、二人が双子のように見えた理由だった。

茨斗の母親が亡くなってからは、宵江はそれまで以上に茨斗と一緒に過ごすようになった。

紘夜と同様に、茨斗もまた、将来自分は玄狼党の隊士として働くのだと自然に思うようになっていった。他の道が選択肢として上がってくることも特になかった。狼の一族の一員として、生涯宵江の側で、仲間とともに惣領《そうりょう》である来光を補佐し、この国を護《まも》るために戦うのだ。

――そう思っていた五歳のある春の日、屋敷内の廊下ですれ違った来光が不意に、怪《け》訝《げん》そうな顔で足を止めた。そして茨斗の匂いを嗅《か》ぎ、顔を顰《しか》めて言ったのだ。「一瞬、異物の匂いがした気がしたけど、気のせいだったかな」と。

茨斗はどきりとした。それを表に出さないよう、「気のせいじゃない?」と明るく答えるにとどまったけれど、内心では心臓が破裂しそうだった。

玄永茨斗の父親は、とあるはぐれ狼である。

茨斗の母親は生前、弥明が手を焼くほど自由奔放な性格だった。手合わせをすれば弥明にさえ匹敵するほどの実力の持ち主だが、素行にやや問題があり、玄狼党の中でも最後まで彼女が一番隊の隊長を務めることに難色を示した者が何人もいたほどだ。

ある遠方での任務の際、彼女はその地にしばらく滞在していた間に、そのはぐれ狼との間に子を儲《もう》けていた。それが茨斗である。

ちなみにその任務の折、たまたま瀬戸内のほうから応援に駆けつけてきていたはぐれ狼のうちの一人が瀬漣の母親である。母親同士が仲が良かったことがきっかけで、今に至るも茨斗と瀬漣の友情は続いており、まるで遠い親戚《しんせき》のような間柄だ。

茨斗の父親であるそのはぐれ狼については、その後消息はわからない。何よりも母親が既に父親に対する興味を失っていたので、茨斗のほうも父親を熱心に探そうという気にならなかったのだ。一度も会ったことのない実の父親よりも、弥明や紘藍など、玄永家の血の繋《つな》がらない父親たちのほうがよっぽど父親らしいと思ったからでもある。

だが茨斗が成長するにつれて、茨斗にとっても見逃せない噂を耳にするようになった。玄永家の中ではなく、主に瀬漣の母親や、その周囲のはぐれ狼たちによる噂話の類《たぐ》いだった。

それは、茨斗の父親であるはぐれ狼が、どうやら人間との混血であったらしいという噂だった。

そのはぐれ狼の祖父だか祖母だかが人間だったのだそうだ。そもそも妖と人間との混血の場合は妖の血のほうが強く出るものだから、父親の時点でもう人間の血はほぼ薄れていると言っていい。そのさらに子どもである茨斗ならばなおさらである。

それでも茨斗は──その日以来、自分が何か不完全なものであるような感覚を覚えるようになった。

妖は、気性が獣に近い。

高位の妖になればなるほど、その気性は人間に近くなる。これは高位の妖であればあるほど、人間社会に溶け込んで生き残る術《すべ》が身についていると言い換えてもいい。中には来光のように獣の気性を強く持って生まれてしまう例もあるが、来光だって人間を手当たり次第に殺しまくるなどという野蛮な真似はしない。してはならないことだという分別もあれば、確かに気に入らないけれど別段殺したいとまでは思っていない、という程度の社会性も持ち合わせている。ただ単に、自分の人生を懸けてまで護ってやりたいとは思わない、なるべく関わらないように生きていきたい、というだけの話なのだ。だから惣領の座を弟に譲って若隠居を決め込むという、自分の性質に合った生き方を選び取ることもできる。

茨斗もまた、人間社会に溶け込んで生きられるだけの術を持った妖として生まれ、育った。だが茨斗もまた、母親と同じ自由奔放な気質を持っていた。幼い頃はそれは子どもならではの残酷さと合わさり、虫や、小さく無害な妖を無邪気にいじめたり、時には殺してしまったりするような行動として表われた。

そしてその残酷さと同じだけ、茨斗は優しさも持ち合わせていた。小さな妖をいじめる一方で、別の小さな妖の死を涙を流して悼《いた》むのだ。

茨斗は幼いながらに己を俯瞰《ふかん》して、根っこが獣なんだからしょうがない、と思っていた。人間ではないのだから、人間が見れば顔を顰めるようなことをしていても当然だ、と。

だが――自分の中には、ほんのわずかとはいえ、人間の血が流れていたのだ。

ならば、これは何だ。自分のこの残酷さは。

純粋な妖《あやかし》でもないくせに、他の純粋な妖たちよりも平然とした顔をして酷《ひど》いことをやってのける、この残忍さは。

茨斗が自分という存在を恐ろしく感じ始めたのはその頃からだった。

このまま、己というものを自由奔放に放し飼いにしていたら、いつか仲間たちからも見放されるほどの残忍さを露《あら》わにしてしまうのではないか。それは双子のように育った宵江からも見捨てられてしまうほどのことなのではないか。

茨斗はもともと悪戯《いたずら》好きな性格だった。人を驚かせるのが好きで、虫の死骸《しがい》や蛇の抜け殻を靴の中に仕込んだり、大きな荷物を持った相手を後ろから驚かせて荷物を取り落とさせたりしていた。だがこの時以来、誰かを傷つけるような悪戯をすっぱりとやめた。無意味で無害な悪戯に切り替えたのだ。

それまで以上に明るく振る舞い、自分の身を削ってでも他者を気に掛け、優しい言葉をかける。そこまでしてようやく己の残酷さが帳消しになり、普通の狼の妖として、この人間社会で生きていけると思ったのだ。

幸いにして、この世のすべての生き物は学習することができ、そして順応することができる。茨斗は己が目指す人物像に、次第に心根から近づいていくことができた。己の芯《しん》が残酷だったという事実を忘れ去ってしまえるほど、虚構だと思っていた自分の姿が本来の自分と入れ替わるほど、自分の人格を矯正することに成功したのだ。

だが茨斗の中にはずっと、生き物としての劣等感のようなものが燻《くすぶ》っていた。人間の血が入っているのが悪いというわけではない。ただ、自分の人格の不完全さの理由がそこにあるのだとどうしても考えてしまうのだ。

だから茨斗は、さらなる人格矯正を試みた。自分に人間の血がほんのわずかでも流れているという事実を、忘れ去ることにしたのである。

玄永家の屋敷の敷地内にも、恐らく茨斗に人間の血が流れていることを知る者はいただろう。一番可能性が高いのは弥明と、その右腕である紘藍だ。だが誰もそれを口に上らせることはなかった。来光との関係性の悪化を懸念してのことだろうと思う。

ここには誰も、自分を混血扱いする者はいない。自分の中の何割かは人間であるということを記憶の中に閉じ込めるのは容易《たやす》かった。

茨斗は、自分のような好奇心旺盛《おうせい》で天真爛漫《らんまん》な性格の妖なら、きっと人間社会の文化に興味を持つはずだと考えた。最初はそんな動機だったけれど、人間との交友関係を広げてみたり、人間向けの雑誌を読んでみたりするうち、それらを知るのが本当に楽しくなった。人間ならば人間の文化に殊更に興味を持つはずがないから、畢竟《ひっきょう》これは自分が妖であることの証《あかし》なのだと、茨斗は己の変化に安堵《あんど》した。

（大丈夫。俺は間違いなく妖だから、笑いながら敵を殺したって何も不思議じゃないんだ。何なら流里さんなんて俺より酷いときあるし。紘夜さんだって、溜息吐《ためいきつ》いて「この忙しいときに」とか零《こぼ》しながら戦ったりするし）

宵江が当主の座を継いで玄狼党の頭領となり、茨斗が玄狼党一番隊の隊長に任命された後は、ともに戦う仲間たちの存在が、茨斗のその意識をより盤石なものにしてくれた。もう何も心配はいらない。自分は自分という存在を持て余すことなく、これから先もうまくやっていけるはずだ。宵江の一番側で。

――大丈夫だ、と茨斗が自分自身に頷《うなず》きかけたとき、前を走っていた宵江が急に立ち止まって振り返った。

そういえば任務の真っ最中だった、と茨斗は思い出す。何だか昔のことを思い出して思考に没頭してしまっていた。今自分は、玄狼党の黒い隊服を身に纏《まと》い、軍刀を腰に帯びて、宵江と二人で妖の討伐に向かっている途中だ。

考え事に耽《ふけ》っていたどころか、いつの間にか走りながら目まで瞑《つぶ》っていたらしい。

目を開くと、灰色の空が広がっていた。

見慣れた日本橋の街の風景が、何だかいつもと違って見えたが、いつもと同じであるような気もする。民家の屋根や木々が無彩色だし、街灯からは極彩色の光が溢《あふ》れ、民家の庭先の花々を毒々しい色に照らしている。

明らかにおかしな色彩なのに、こんなものだと納得してしまう自分が不思議だった。

宵江がいかにも何か言いたげな眼差《まなざ》しでこちらをじっと見ている。茨斗は少し居心地の悪さを感じ、目を逸《そ》らした。宵江に対してこんなふうに思うのは珍しい。誰よりも気安い仲のはずなのに。

民家の硝子《ガラス》戸に、向かい合う茨斗と宵江の姿が映っている。

大人になった今も、宵江と自分の背恰好《せかっこう》はとても似ている。茨斗の長く伸ばした尻尾《しっぽ》のような髪がもし短ければ、遠目には見分けがつかないだろう。最初は他人のそら似だったけれど、同じ狼の妖同士、二十四年も一緒に過ごしていれば本当の兄弟以上に似てくるということだ。

——何よりも茨斗自身が、そうなるように自分を律したから。

長い髪だけは、自分が妖であることのひとつの証明のように思えて、ずっと伸ばしている。自分に人間の血が流れていると知ったときからずっとだ。

茨斗は獣形を取ったとき、尻尾の毛だけが生まれつき長い。体毛の長さに合わせて切り揃えても尻尾の毛だけが伸びてくるので、早い段階でこれが自分の特性なのだと割り切った。

髪を長く伸ばして尻尾のようにひとつに結っていれば、獣形の自分の尾を思い出せるのだ。

視線を逸らした茨斗の横顔を宵江はじっと見つめてくる。茨斗は諦《あきら》めて宵江に再び向き直った。尾のように、長い髪が揺れる。

「何。なんか言いたいことでもあんの？　……っとと。あるんですか？」

宵江が正式に当主となった日を境に、茨斗は宵江への言葉遣いを改めた。最初こそ宵江はやめてくれと顔を顰《しか》めていたが、今では茨斗の意を汲《く》んで何も言わなくなっている。

茨斗には、宵江が自分が命を懸けてでも護《まも》るべき主《あるじ》なのだという、その証明が必要だった。血の繋《つな》がらない双子の兄弟ではなく、主とその側近である証明が。

それこそが茨斗を――茨斗の奥底でいまだ燻り蓋《ふた》をされているあの残酷さを、茨斗自身が許すことができるから。

いや、と宵江は首を振った。いかにも物言いたげな面持ちで。

「お前が言いたくないなら、いい」

「……いい、って顔には見えないんですけどー」

「今は任務が先だ。もし気が変わったら、家に帰ってから言ってくれ」

――宵江は、少し前に結婚した。

相手は神凪《かんなぎ》の家柄の娘だ。気立てが良く、明るくて、彼女ひとりが増えただけで屋敷の中がぱっと華やぐ。勤めに出た経験があるからか、相手の顔色を読んで、自分の希望をぐっと堪《こら》えることができるような一面も持っている。まだ自分の夫が――それどころか嫁ぎ先の全員が――狼の妖だなどとは知る由もなく、嫁ぎ先に一生懸命に馴染《なじ》もうとしてくれている。

そして彼女は、宵江の初恋の相手だ。

彼女は父である雨月家当主の呪《じゅ》の作用により、子どもの頃に宵江と既に出会っていたことは覚えていない。それでも婚礼の日から宵江を憎からず想ってくれていたようで、今では見ているこちらが呆《あき》れてしまうほどの初々しさを見せることもあれば、時に驚くほど大胆に宵江に歩み寄ろうとする言動をすることもある。いずれにしても茨斗にとっては、大切な兄弟を好いてくれる好ましい相手だ。もしも相手が宵江に対して一片でも難色を示していようものなら、茨斗は生涯彼女を好きになることはできなかっただろう。宵江にとって大切な存在ならば、それは同時に茨斗にとってもそうなのだ。まるで妹のように守るべき存在。

今は彼女のためにも、日々の任務をこれまで以上に確実にこなさねばと思う。もともと簡単な任務であれば遊び半分に楽しんでしまう傾向にある茨斗だが、こうして宵江と一緒の任務のときには、宵江を護ることに全神経を集中させる。彼女を悲しませるようなことだけは避けなければならないのだ、何に変えても。

それは畢竟、宵江を護るということだから。

宵江は未《いま》だ納得はしていないという面持ちで、それでも周囲を警戒して、今は任務優先という姿勢を取る。茨斗も苦笑しつつそれに従う。

(俺が俺の本心をお前に伝えることなんて、この先一生ないよ、宵江)

この先ずっと、自分の幼馴染《おさななじ》みが本当は残酷で、妖以下の存在だなんてこと、宵江は知らなくていい。

辺りを見回す。ここは銀座《ぎんざ》通りを二本入った路地だ。近頃、帝都では時代錯誤の辻斬《つじぎ》り事件が多発している。妖《あやかし》が刀を扱うなど、その辺にいる猫や鼬《いたち》が刀を振り回すぐらいあり得ないことだから、恐らくは統率している親玉がいる――という目星はついているものの、その親玉がどこに潜んでいる何者なのかは、推測するにも未《いま》だ決定打に欠ける状況だ。

玄狼党の隊士たちは皆、妖が人間を襲う瞬間に発する殺気を察知することができる。隊士たちはその殺気の方へ向かって一直線に妖の匂いを辿《たど》り、討伐するのだ。狼の妖は鼻は利くけれど、妖というものはこの帝都中にごまんといる。まるで光と影のように、人間社会の裏側――地下や物陰など――に妖たちは潜んで生きている。人間を襲うような妖は人間社会という表側に出てくるから、裏側に潜む妖よりもより匂いを強く発するが、それでも他の妖たちの匂いに掻《か》き消されてしまうことも多いのだ。だから怪しい動きをする妖がいる大体の方向はわかるが、はっきりとどの個体が討伐対象なのかまではわからないのである。

武士の時代なら、人が死ぬのが日常茶飯事だった時代なら、それでも構わなかったのかもしれない。けれど今は時代が違う。民間人であろうと人が死ねば事件になる。人間ひとりの命が昔よりも重くなったこの時代に、人間が襲われてから出動するしかない自分たちの今までのやり方で、果たして人間社会を護っているといえるのか。人間を殺すような妖はそう滅多に出ないが、その滅多にが訪れたとき、出てしまった犠牲を「仕方ない」で済ませることが、果たして本当に正しいのか。

これは玄狼党の存在意義、ひいては存続にも関わることだと茨斗は思っている。宵江だって同じように考えているだろう。

だからこそ神凪の家柄の娘であり、当主である父親よりも強い異能を持つという智世の存在が必要不可欠なのだ。

あとは宵江の覚悟次第なんだけどな、と独りごちながら、茨斗は軍刀の柄《つか》に手を掛けた。側で宵江も警戒を強める気配がする。

——何かが、いる。

辻斬り事件の実行犯のひとり、いや一匹だろうか。それとも捜し続けていた親玉か。いつでも抜刀できる姿勢を取ったまま、再び辺りを見回す。確かにこちらのほうから嗅《か》いだことのない怪しい匂いを嗅ぎ取ったから、宵江と二人でここに来たのだ。部下たちも周辺を調査しているはずだが、この気配を感じ取ってこちらに応援に来てくれるだろうか。

それは望めないかもな、と茨斗は唾《つば》を呑《の》んだ。仲間たちの気配は近くにはない。それどころか、昼下がりの銀座だというのに、路地とはいえ人っ子ひとり歩いていない。まるでこの世界に、宵江と二人だけになってしまったみたいに。

その宵江がはっと息を呑んだ。

「——来る！」

その瞬間——地面が大きく盛り上がった。

茨斗は瞬時に結界を張る。人間の姿などどこにもないから意味はないかもしれないが、これは任務における反射のようなものだ。同時に軍刀を抜きながら——茨斗は目を見開いた。

今日の日本橋の街並みと同じ、悪夢のように毒々しい色をした妖。

獣形を取ったときの宵江よりも遙《はる》かに巨大な、家一軒分ほどの大きさもある虎だ。それが土の中から土煙をまき散らしながら飛び出してきたのだ。その顔がこちらを向いた瞬間、思わずぎょっとする。

人面、いや真っ赤な猿の顔だ。鞭《むち》のように撓《しな》る尾は、ぎらぎらと光る鱗《うろこ》に覆われた、あまりにも太く長い蛇。

キマイラだ、と茨斗は思わず呟《つぶや》いた。人間の大衆雑誌に載っていた、希臘《ギリシア》神話に登場する怪物だ。それほどに現実味を欠いた姿だった。

鮮やかすぎる赤と黄色の縞模様《しまもよう》を描くその巨体を見上げながら、宵江が呆然《ぼうぜん》と呟く。

「……鵺《ぬえ》だ」

鵺、と茨斗は軍刀を構えたままじりじりと前に出る。宵江よりも前にだ。敵の攻撃を一番に受ける役目は自分にある。

鵺はこちらを向いて、まるで猫が鼠を捕ろうと構えるような姿勢を取った。そして猿の口を裂けるほど大きく開く。次の瞬間、甲高い風のような音が茨斗たちの耳を突き刺した。思わず耳を塞《ふさ》ぎたくなるような不快な音だ。

「あー、この鳴き声は確かに鵺ですね。大きさが規格外ですけど！」

言うが早いか、茨斗は顔を顰めたまま鵺に向かって突進する。鵺のほうもこちらに向かってくる。あまりの巨体に、太い四つ足が地面を蹴《け》るたびにその場所が抉《えぐ》れ、土煙が舞う。

玄狼党の中でも屈指の素早さを誇る茨斗にとって、体の大きな敵は本来、鈍重なだけで取るに足らない相手だ。しかしこの鵺はあまりにも巨大すぎる。現実ではあり得ない大きさだ。普通の鵺は虎と同等の大きさのはずなのに、何がどうなってこんなに肥大してしまったのか。

まるで——本当に悪夢の中のようだ。

斬りつけても斬りつけても、分厚い体毛に阻まれて刃が届いている気がまるでしない。宵江は尾のほうを狙っているようだが、分厚い鱗に関しても体毛と同様のようだ。刀が折れてしまいかねない分、胴体を斬るよりも分が悪い。

「宵江さん、一旦《いったん》離れましょう！」

茨斗の言葉に宵江も頷《うなず》き、飛び退いて鵺から大きく距離を取る。

すると鵺は茨斗をじっと見つめ、ぐるりと旋回した。そして宵江の姿を認めるや、そちらへ向かって突進していく。

「——え⁉」

その予想外の動きに、茨斗の反応が一瞬遅れてしまった。妖が、目の前にいる相手を無視して別の標的を探して襲うなど、本来ならばあり得ないことなのだ。

宵江は応戦するが、丸太よりも太い前脚から繰り出される打撃も、鋭い爪も、軍刀一本で戦うにはあまりに威力が強すぎる。ここは二人とも獣形を取って戦うべきだ。それでも自分よりも遥かに大きな獣相手に、どれほど戦えるだろうか。軍刀さえ届かなかった体に牙《きば》が届くだろうか。

（四の五の言ってる場合じゃない！）

茨斗は立ち止まり、獣形を取ろうとした。だが何度試しても姿が変わらない。人間のままだ。慌てて宵江を見ると、彼も同じことを試しているのだろう、変化《へんげ》できないことに驚いている顔をしている。

（――こっちの動きを妨害されてる⁉）

まさかそれもこの鵺の仕業なのか。

獣形を取れないなら、と軍刀を振り上げ、振り下ろす。しかし尾の蛇が、胴体とはまるで別の生き物のように動き、茨斗の剣戟《けんげき》を弾《はじ》く。大きく開かれた顎《あご》からはおぞましい舌が伸び、両の毒牙《どくが》からぼたぼたと液体が漏れ落ちている。

「――お前なんて相手にしてる場合じゃないんだって、こっちは！」

叫んで、茨斗は頭側で戦う宵江のもとへ向かう。とにかく脳天か、目かこめかみか、それとも口の中か、思いつく限りの急所を狙って剣戟を繰り出すしかない。しかし体毛に覆われておらず隙だらけのはずの顔面は、まるで鉄ででもできているのかと思うほどに硬い。

赤すぎるその巨大な顔が、血のように、あるいは炎のように、執拗《しつよう》に宵江を追う。宵江が一歩引いて茨斗が前に出ても、同じように宵江を追う。何度も。何度も。

「くそっ、お前の相手は俺だってば！　こっち見ろって！」

尻尾《しっぽ》のように長い髪を振り乱して茨斗がいくら叫んでも、鵺は執拗に宵江だけを追っている。まさか宵江が玄狼党の頭領だと知っていて、それで狙っているのか。一連の辻斬り事件の親玉は恐らく土蜘蛛《つちぐも》だろうと目星をつけていたが、まさかそれすらも攪乱《かくらん》のうちで、本当はこの鵺が黒幕だったのか。

茨斗は宵江の腕を引っ摑《つか》み、無理やり傍の民家の生け垣の陰に隠れさせた。

「おい、茨斗——」

腕の中で抗議の声が上がるが、それを無視して宵江の口を押さえ込み、茨斗も生け垣に隠れたままじっと鵺の様子を見る。

すると鵺は、目の前で茨斗が宵江を生け垣に連れ込むのを見ていなかったはずはないのに、辺りをうろうろと歩き回って宵江を捜し始めた。まるで何も見えていなかったような挙動で。

「もしかして、目があまり利かないのか？」

宵江が茨斗の手のひらの下で小さく呟く。そのくすぐったさに思わず手を離してから、茨斗も声を潜める。

「夜目が利く代わりに昼間はほとんど見えないのかも。でもそれにしては、別に鼻が利くってわけでもなさそうですよね」

茨斗の言葉通り、猿の顔面は特に匂いを辿《たど》ろうとしている様子もない。ただ両目をぎょろぎょろと動かして辺りを捜している。

宵江は眉《まゆ》を顰《ひそ》める。

「だったら何を頼りに俺を狙ってきていたんだ？　こんな近くに隠れていても気付かないなんて。茨斗と俺は背恰好《せかっこう》も似ているのに」

その言葉に——茨斗は、はっとした。

立ち上がり、生け垣から再び路地に戻る。

「おい、茨斗！」

宵江の呼び声も無視して、鵺の眼前に立ちはだかる。宵江が飛び出してきそうな気配がしたので、茨斗は彼を手で制する。こういうとき、宵江は茨斗を信頼してくれている。茨斗がひとりで判断して行動するときは、何か考えがあってのことなのだと、そう信じてくれているのだ。

だから今も、宵江は茨斗の挙動を、息を呑んでじっと見守ってくれている。こちらの行動が、何か最善の策に繋《つな》がるのだと信じて。

——その勘違いが今はありがたい、と、茨斗は思う。

茨斗は鵺に向かって軍刀を構えた。構えた拍子に、長い髪が揺れた。普段は人間社会に溶け込むために押し殺している殺気を、今ばかりは全開にして目の前の敵にぶつける。殺気だけで敵を焼き殺すつもりで。

だが——鵺は目の前の敵であるはずの茨斗を、やはり無視した。

茨斗から視線を外し、またうろうろと歩き回る。宵江を捜して。

「……やっぱり、そうか」

茨斗は自分の長い髪を手で掬《すく》い、梳《す》く。

長年愛着があったものを手放すのは少し惜しい。そこに妖《あやかし》としての存在理由を見いだしていたから、尚《なお》のこと。

けれども、自分の長い髪はきっと、自分が間違いなく妖なのだと自覚するためなどという、そんなつまらない理由ではなく——今、この瞬間のためにあったのだろう。

茨斗は軍刀を振り上げた。自分の髪に向かって。

そして頭の後ろで結った、その髪紐《かみひも》の根もとから、長い髪をばっさりと斬った。

——さあ、と茨斗は再び鵺に殺気を向ける。

うろうろと辺りを彷徨《さまよ》っていた鵺の双眸《そうぼう》がこちらを捉《とら》える。

長い髪を失った茨斗へ。

茨斗であることを示すものを失い、宵江とあまりにも似た姿となった、狼の妖へ。

「言っただろ。お前の相手は俺だって」

再び鵺に向かって軍刀を構える。今度は、揺れる髪はない。

鵺《ぬえ》のぎょろりとした大きな双眸が瞳孔《どうこう》を引き絞った。

そしてまた、あの耳をつんざく鳴き声を上げ——今度は一直線に、茨斗を目がけて襲いかかってくる。

茨斗は、己の血が滾《たぎ》るのを感じていた。

宵江がこちらの名を呼ばわり、生け垣から飛び出してきたのが視界の端に映る。鵺にだって見えているだろう。だがひとたびこちらを玄狼党の長《おさ》だと認識したこの巨大な妖は、横から誰が割り込もうとも、二度とこちらから視線を外すことはない。こちらが鵺の視界から外れない限りは。

「早く屋敷に戻ってください、宵江さん！」

宵江は茨斗の声など聞こえていないかのような必死の形相で、何とか鵺の標的を自分に戻そうと刀を振るっている。

表情がないなんて言われることの多い宵江だが、茨斗からすれば決してそんなことはない。少し口下手な分、表情が雄弁に語っているとさえ茨斗は思っている。

思えば茨斗が智世のことを気に入ったのも、彼女が自分と同じように、宵江の表情の変化を敏感に読み取ることができている様子だからだった。宵江をよく見て、理解しよう、歩み寄ろうと努力して、それを実行に移しているのがわかったからだった。

（お前が俺を護《まも》ろうとしてどうするんだよ。お前を護るのが俺の役目なのに）

だがこれが宵江なのだ。身を挺《てい》して仲間を護ろうとする。こういう宵江だからこそ、皆、側に仕えたいと思うのだ。

──そんな彼に、自分は、少しでも近づきたかった。

兄弟を護りたい、幼馴染《おさななじ》みを護りたい──その気持ちも確かに嘘ではない。けれどそれ以上に、宵江のように振る舞うことができれば、宵江のように──ただ心の優しい、人間と共存できる、完全なる妖のようになれると思った。そう、なりたかったのだ。

腕に、太腿《ふともも》に、頬に、次々と灼《や》けるような痛みが走る。こちらは何度も攻撃を食らっているのに、相変わらず相手には一撃も有効な攻撃を与えられた気がしない。

このままではもたないかもしれない。十分な時間を稼ぐのに。

「早く行け、宵江！」

茨斗は叫ぶ。

「そんで流里さんたち連れて、早くここに戻ってこい！」

宵江は一瞬悔しげに顔を歪《ゆが》めた。それは泣き出しそうな表情にも見えた。

「──すぐに戻る！　必ず持ちこたえてくれ、茨斗！」

宵江はそう言い、屋敷のほうへ向かって駆け出した。

（そうだよ、宵江。それでいいんだ）

今ならまだ時間を稼げる。宵江が無事に逃げられる程度の時間なら。

──宵江が再びここに戻ってきたとき、自分はその顔を見ることは叶《かな》わないだろう。

側で支えると誓った他ならぬ自分が、宵江を悲しませる結果になってしまうことだけが心残りだけれど。

遠ざかる宵江の背中を見ながら、鵺の攻撃をその身に受けながら、茨斗は小さく笑った。

(でも、いいんだ。これが、俺が一番隊隊長を拝命した理由だから)

玄永家に来たのが一番遅かった流里はともかく、なぜ年長者の紘夜ではなく自分が宵江に一番近い地位に就いたのか。

それはいざというときに、宵江の身代わりになる責任を自分が負えるようにだ。

弥明は勿論《もちろん》そんなことは茨斗には命じなかった。けれども茨斗は一番隊隊長に任命された瞬間から、この未来を覚悟していた。

いつか自分は、この長い髪を切るときが来るのだと。

(ここで宵江を護って死ねるなら、悪くないな)

己の奥底に燻《くすぶ》る残酷な部分を醜く隠して、妖らしく振る舞おうと無様に足掻《あが》く自分を、大切な人たちの誰にも知られないまま、ここで死ぬ。

それは自分には過ぎた最期のようにすら思う。悪夢のように巨大なこの鵺に、感謝すべきかとさえ。

鵺の前脚の一撃が鳩尾《みぞおち》に入り、通りの反対側の民家まで飛ばされ、壁に激突した。頭をしたたかに打ち、庭に崩れ落ちる。硝子《ガラス》戸に映る自分は、本当は冷徹で残忍な妖以下の存在でありながら、必死に人間の真似事をする滑稽《こっけい》な姿だ。何者でもない、ただの虚像だ。

ああ——と、茨斗はその虚像をただ見つめる。鵺が迫ってくる地響きがする。

こんな姿をみんなに晒《さら》す前に死ねてよかった。

「紘夜さんも流里さんも、俺が死んだら悲しんでくれるかな。十咬は……せいせいしたって笑うかもな……」

半開きの唇から血とともに呟《つぶや》きが零《こぼ》れ落ちた。


「——笑うわけないでしょう、この馬鹿兄！」

唐突に響いたその声に、茨斗は閉じかけていた目を開く。

硝子戸に映る自分の虚像の向こうに、誰かがいる。

最初はそれを、この民家の家主かと思った。騒ぎを聞きつけて様子を見に来たのかと。

だがそんなはずはない。ここは茨斗の結界の中だ。人間が騒ぎを聞きつけられるはずがないのだ。

茨斗は戦闘中であることも忘れて、その人物を見つめたまま、ぽかんと口を開けた。

「……十咬？」

硝子戸の向こうで十咬が、後ろに向かって何かを叫んでいる。彼の後ろにも誰かがいる。二人、と一匹。

「流里さん、紘夜さん！　綱丸も！　せーのでこの壁を叩《たた》き割りますよ！」

木刀を構える十咬の後ろで、紘夜と流里が軍刀を鞘《さや》ごと構えている。綱丸は今にも突進しそうな体勢だ。

とにかくわけがわからない。鵺の荒い息がすぐ後ろにまで迫っている。

「……え？　意味わかんないんだけど。ちょっと待っ――」

茨斗の言葉を当然待つことなく、十咬たちはかけ声と同時に刀を勢いよく振り下ろした。

硝子が割れる大きな音を立てて、亀裂が入る。硝子戸だけにではない。辺りの景色全部にだ。

穴の空いた硝子戸の向こうの暗闇から、綱丸が飛び出してくる。そして茨斗の側に立ち、鵺がいるほうへ唸《うな》り声を上げる。

茨斗が振り向くと、綱丸の視線の先に鵺は確かにいた。だが周囲の景色と同じように、鵺にもまたひび割れた硝子のように亀裂が入っている。綱丸はそちらに向かって躊躇《ちゅうちょ》なく駆け出す。

「おい、綱丸⁉」

慌てて止めようとした茨斗の手をすり抜け、綱丸は鵺に突進し、頭突きだか体当たりだかわからない一撃を食らわせた。

鵺にさらに亀裂が入り――そして一瞬後には、粉々に砕け散っていた。

周囲の景色もまた、砕け散っていく。砕けた場所から暗闇が入り込んでくる。

そのだだっ広い暗闇の中に、まるでそこだけ照明でも当たっているかのように、十咬たちがぽっかりと浮かび上がっている。茨斗自身の姿もだ。

何が何だかわからず、ただ呆然《ぼうぜん》と見上げていると、紘夜がつかつかと歩み寄ってきた。そしてこちらに屈《かが》み込んで手を差し伸べてきたので、起き上がるのを助けてくれるのかと思って茨斗も手を差し出そうとした瞬間、硬い拳《こぶし》が頭に飛んできた。

「いって！」

「この馬鹿者が！」

「いきなり殴ることないじゃないですか！」

「殴られただけで済んで幸運だと思え、この馬鹿者！」

「ちょっ、馬鹿馬鹿言わないでくださいよ！」

ひりひりと痛む頭を押さえて涙目で見上げると、紘夜は大きく嘆息した。

「……お前という奴は、暴走すると手に負えんな、茨斗」

まったくです、と流里が頷《うなず》く。

「手が掛かるとは思っていましたが、まさかこれほどとはね」

言って流里は、ぽかりと茨斗の頭を叩いた。ご丁寧に、紘夜の拳に強打されたのと同じ場所だ。

「いってぇー！」

「おや、今しがた死ぬ覚悟までしたんでしょ？　それに比べれば大したことじゃないじゃありませんか」

「そうだけどそうじゃなくて！　……ん？　あれ？」

茨斗は痛みを紛らわせようと頭を掻《か》きむしり、ふと気付く。

長い髪に、するりと指が通る。

「……あれ⁉　髪がある⁉」

後頭部の髪紐《かみひも》も、尻尾《しっぽ》のような長い髪もそのままだ。さっき確かに斬ったはずなのに。

呆然としていると、紘夜が呆《あき》れたように見下ろしてきた。

「なんだ？　禿《は》げた夢でも見たのか？」

「違いますって！　俺、確かに……」

「なるほどね。君にかけられた術は大方、宵江さんに関することですか」

流里の言葉に、茨斗は肩を落とし、大きく息を吐いた。

安堵《あんど》が半分、そして――少し残念だったという気持ちが半分。

「……そっか。俺、敵の術にかかっちゃってたんですね」

「ええ。君だけじゃなく、僕と綱丸以外はまんまとね」

「お前は黙ってろ、流里！」

紘夜が噛《か》みつき、流里がはいはいと受け流す。

そんないつものやり取りをする二人をさておいて、十咬が物言いたげにじっとこちらを見ていた。

茨斗はさっきの、硝子戸が破られる前の十咬の様子を思い出す。

「……十咬。お前さ、俺のこと結構好きだよね」

年齢の割に大人びている十咬をからかったり、悪戯《いたずら》を仕掛けたりする茨斗のことを、当の十咬は鬱陶《うっとう》しがっていることはわかっていた。茨斗は兄弟間のじゃれ合いのつもりだったけれど、十咬はいくら大人びているとはいえまだ十代半ばだ。そろそろ家族というものと一旦《いったん》距離を置きたがる年頃でもある。屋敷の敷地内にいくらでも手合わせの相手がいるにも拘《かか》わらず、わざわざ街の剣術道場に通っているのがいい証拠だ。

茨斗の茶化すような言葉にも、十咬はじっと真剣な眼差《まなざ》しを崩さず、こちらを睨《にら》むように見つめている。

「僕にとっては茨斗さんが、すぐ上の兄ですから」

木刀を握る少年の手に力がこもった。

「……あなたの背中を追ってるのに、いなくなられたら困ります」

ひゅっ、と強い呼吸音とともに木刀が繰り出される。茨斗のすぐ目の前でそれは止まった。間一髪、茨斗が軍刀を鞘ごと帯革から引き抜いて止めたのだ。

「……すぐ上ってんなら宵江さんもだろ。何？　俺のほうが宵江さんよりほんのちょっと遅く生まれたから？」

その軽口に、今度は十咬も小さく笑って答えた。

「いいえ。宵江様より茨斗さんのほうが手近なので」

「お前なぁ、せめて身近って言えよ！」

十咬は笑って木刀を引っ込める。その仕草は少し憎たらしい弟そのもので、茨斗も笑って軍刀を帯革に差し直した。

と——十咬の足もとで何かが光った。茨斗はそれを拾い上げる。

「何これ？　鏡……の破片？」

ああ、と十咬が何故か光っている巾着袋《きんちゃくぶくろ》を取り出した。

「面倒なんで説明は省きますけど、それ必要なので僕が預かっておきます」

「なんで俺だけ省くんだよ!?」

「あれ、茨斗さんだけだってよくわかりましたね」

「お前のことならよーくわかってるっつーの」

弟だからな、と呟いて、金色の頭をくしゃりと撫《な》でる。

十咬はどこかむず痒《がゆ》そうに少しだけ顔を顰《しか》めてから、さっきから足もとを駆け回っている綱丸に、行こう、と声を掛ける。

「この光る欠片《かけら》の最後のひとつがある場所に、智世様もいるはずなんです。早く捜して差し上げないと。鏡もあとひとつ欠片を合わせれば完成しますし」

言って十咬は綱丸と並んで駆け出した。流里と紘夜も後を追うように茨斗を促す。

「——あ。ところで」

思い出したように流里が言った。前を行く十咬たちに聞こえないように、声を潜めて。

「君が無理してることなんてとっくに知ってましたよ、茨斗」

その言葉に、茨斗は目を瞬《しばたた》かせた。

「……。何の話？」

すると紘夜が半眼で、こちらも声を潜めて言う。

「二十四年も毎日一緒に暮らしているのに、なぜ俺たちが気付かないと思っていたのか逆に疑問だ」

茨斗は思わず立ち止まってしまう。早く智世を捜しに行かなければならないのに。

一緒に行っていいのだろうか。——こんな自分が。

自分が必死に隠していたものをとっくに知られていたこと以上に、二人が何でもないことのようにそれを話すことに、胸が詰まった。

流里がどこか自嘲《じちょう》めいた笑みを浮かべた。

「嘘も、吐き続ければ真実になるって言いますしね。君が他者に見せたいと願った姿こそがきっと、今の君の本当の姿なんですよ」

その言葉に、胸の詰まりが鼻まで上がってきたのか、鼻の奥がつんと痛む。

二人は茨斗に人間の血が流れていることは知っているのだろうか。——どちらでも構わない、と今は思う。

そう思うことができる自分であることが、今はただ、嬉《うれ》しかった。

滲《にじ》む視界を二人に悟られないように、茨斗は何度も瞬きを繰り返す。そんな茨斗の両側から、紘夜は頭を、流里は肩を、それぞれ軽く叩《たた》いた。

「お前のことならよくわかっている。──弟だからな」

だから心配するな、と紘夜は呟《つぶや》いて、くしゃりと茨斗の頭を撫でる。

流里は小さく笑った。

「僕は君みたいな悪たれ小僧が弟だなんて勘弁してほしいってずっと思ってますけど、まぁそう思うってことは、君と僕は紛れもなく家族なんでしょうねぇ」

「……もう。台無しですよ、流里さん！」

「おや、お陰で涙は引っ込んだでしょ？」

「泣いてませんって！」

大騒ぎする茨斗たちに、前を行く十咬が、早くと声を掛けてくる。

茨斗は笑い、長い髪を尻尾のように揺らして駆け出した。

＊　＊　＊

茨斗たちが極彩色と無彩色の術中で奮闘していた頃、玄永家に残った者たちもまた、暗闇に包まれた屋敷で走り回っていた。

玄狼党の隊士たちを中心に、動ける者は男も女も関係なく、敷地内にある燃料という燃料を掻《か》き集める。燃料の消費を最低限に抑えられるよう、大広間でいくつかのカンテラに明かりを灯《とも》すに留《とど》め、力の弱い者たちはそこで身を寄せ合って待機する。

だが敷地全体を覆う闇の力に、徐々に衰弱する者が出始めた。人の姿を保てなくなった者たちから狼へと姿を変え、炎の側で丸くなって目を閉じ、息を潜める。生命活動を最小限にしようという本能だろうか、大広間に残った者たちは誰も彼も一言もしゃべらず、呼吸以外は動きもしない。否、できない、と言ったほうが正しいか。

暗闇の中を走り回っていた者たちにも次第に疲れが見え始めた。術により体力が徐々に蝕《むしば》まれ始めているのだ。さらに追い打ちをかけるように、燃料の消費は炎の勢いに反比例して激しく、すべての燃料が遂に底を突いてしまった。

闇に閉ざされてしまえば、玄永家が丸ごと全滅してしまう。来光が次に指示したのは、全員を屋外へ移動させた上で、敷地内のすべての植物を、木も花も構わず切って燃やすことだった。屋敷の玄関から前庭に出て、集めてきた木の枝や草花を火にくべる。広い敷地内には膨大な量の植栽があると思っていたが、こうして燃料として使うとなるといかにも心許《こころもと》ない。

「来光様、このままでは燃料が尽きてしまいます」

三番隊の若い隊士が、屋敷の中庭から切り落としてきた松の枝をひとかたまり抱えながら眉《まゆ》を顰《ひそ》めた。

来光はその隊士を見もせずに、自らも燃料となる植物を取りに向かう。

「宵江たちが術者を何とかするまで持ちこたえるしかないだろう。傍で弱音を吐かれると迷惑だ」

「……っ、す、すみません」

若い隊士は恥じ入ったように身を竦《すく》めた。そして松の枝を火にくべ、また中庭に向かおうとする。

「待て」

来光はその彼を呼び止めた。

「中庭にはまだ植栽は残っているのか？」

すると若い隊士は眉尻《まゆじり》を下げる。

「中庭はあとは松の幹だけです。枝だけで済むに越したことはなかったのですが、こうなっては仕方ありません」

「……そうか。中庭はもういい。幹は最終手段に取っておく。お前は離れのほうへ」

「は、はい」

若い隊士は一礼して、離れのほうへ向かって駆けていく。来光はカンテラを持って屋敷の中庭へと向かう。

中庭の植栽は彼の言葉通り、枝をすべて捥《も》がれた松の木以外は、灌木《かんぼく》も花もすべて切り取られていた。――緑がかった黒の鉄柵《てっさく》に囲まれた、英吉利式の庭園のような一角以外は。

まったく、と来光は嘆息する。

「敷地内すべての植物を切れと命じたのに」

来光は着流しの帯から軍刀を抜いた。そしてまっすぐに薔薇《ばら》が植えられた一角へと向かっていく。

その瞬間——眼前の闇が歪《ゆが》んだ。

来光は立ち止まり、足もとにカンテラを置く。目の前で闇が濃淡をつけて陽炎《かげろう》のように揺れている。人ひとりが通り抜けられるほどの大きさの穴にも見える。これとよく似た闇の歪みに弟とその取り巻きたちは呑《の》み込まれたのだ。下手に動けば今度は自分が呑み込まれてしまう。

（あるいは——闇から何かが漏れ出してくる、かな）

抜き身の軍刀を構える。

揺れる闇の中から、ぼうっと人影が浮かび上がってくる。それはまるで幽鬼のようでもあった。その人影は闇をものともせず、まっすぐに来光のほうへ歩み寄ってくる。薄く笑みを刷《は》いて。

きれいに結い上げた黒髪に差された簪《かんざし》の飾りが揺れて、鈴のような音を立てた。

「来光」

現れた女が、こちらの名を呼ぶ。

「まさか、私の形見を燃やしたりしないでしょうね」

女は微笑んでいるが、その声には静かな怒りを湛《たた》えている。

——そうだ。この人はこちらを叱るとき、決して声を荒らげたりはしなかった。まして手を挙げることも。ただ淡々とこちらの非を咎《とが》め、自ら反省を促すのだ。

この——自分たち兄弟の母親は。

女は薔薇が植えられた一角のほうに視線をやる。

「末端の若い隊士にさえ、薔薇を避けるだけの思慮分別があるというのに。私の子であるあなたが無遠慮に薔薇を切ろうとは何事ですか」

笑みを浮かべたまま、静かに、だが厳しく叱責《しっせき》する口調も生前のままだ。彼女が気に入ってよく着ていた扇柄の着物も。

来光も視線を中庭の薔薇へ向ける。母親の死後も庭師をまめに入れて世話を欠かさず、仏壇には弟と交代で切り花を手向けていた。時には来光自身が手ずから世話をすることもあった。その甲斐《かい》あって薔薇は毎年春と秋に瑞々《みずみず》しい花を咲かせる。今は花が落ちて、ただ緑一色の灌木の群れがそこに植わっているだけだが。

来光は軍刀を握り直す。

そして床を蹴《け》り、一直線に踏み込んだ。

薔薇のほうへではなく、目の前の女のほうへ。

振り上げた軍刀が女に直撃する。笑みを浮かべた女の顔に、硝子《ガラス》のように亀裂が走る。

「本物の母上なら」

来光は低く呻《うめ》く。粉々に崩れ落ちる女の虚像を睨《にら》みつけながら。

「屋敷の他のどの植物を切るよりも先に、真っ先にこの薔薇を自分の手で炎の中に放り込んでいただろう」

吐き捨てるとほぼ同時に、女の虚像だったものは闇に霧散した。

消え去る直前、破片のうち大きな一欠片《かけら》が闇の歪みの中へ転がり落ちたように見えたが、今はそれを気にしている場合ではない。恐らくは敵の攻撃の媒体らしきものが敵の領域に転がり戻っていったのだ。それが何を意味するにしろ、来光が今なすべきことは何も変わらない。

来光はそれきり闇の穴から視線を外し、今度こそ薔薇のほうへ向かっていく。

そして軍刀を振り、躊躇《ためら》いなく薔薇の枝を斬り落とした。

＊　＊　＊

茨斗たちが暗闇の中を当て所《ど》なく彷徨《さまよ》い歩いて、どれほどの時間が経っただろうか。

いくら進んでも——あるいはぐるぐると同じところを巡っているのかもしれないが——景色がまったく変わらないというのは、いくらこちらが獣の妖《あやかし》とはいえ、時間の感覚を大きく狂わされる。

果敢に動き回ってさすがに疲れてしまった綱丸は、既に流里の腕の中に収まっている。

まだ赤ん坊なのによくここまで健闘したと紘夜も褒めていたが、その紘夜は、あまりに何の成果も出ないこの行軍をそろそろ訝《いぶか》しんでいるようだ。

十咬が言うには、この暗闇のどこかで鏡の欠片のひとつが光るはずで、その煌《きら》めきを頼りに進めばいいらしいのだが、肝心のその光とやらが歩けども捜せども見つからない。目印など何もないこの空間で手分けをして捜すことなどできないし、術の影響でか相変わらず夜目も鼻も普段より利かなくなっていて、効率も悪いことこの上ない。

茨斗はとうとう立ち止まり、その場に座り込んでしまった。

「あー。つーかーれーたー」

「こら茨斗、休んでいる場合か！　早く奥様と合流して宵江様を捜さねばならんというのに」

「だってその欠片の光ってやつ、全然どこにもないじゃないですか。本当にあるんですか？」

「あるかどうかはわからんが、今は手がかりがそれしかないんだから仕方ないだろう」

「そりゃそうですけどぉー」

茨斗はごろんと仰向《あおむ》けに寝転んだ。そして絵に描いたような大の字になる。

「ちょっとくらいは休んだほうがこの後の能率が上がりますって」

「まぁそれも一理あるが……」

「紘夜は口うるさいくせにすぐに茨斗に丸め込まれてしまいますねぇ」

少し前を十咬と一緒に歩いていた流里が、呆《あき》れたように振り返る。

と——頭上の闇を眺めていた茨斗が、不意に目を見開いた。何かがきらりと光ったのだ。

茨斗は慌てて身を翻してその場から飛び退く。次の瞬間、茨斗が寝ていたところに、手のひらほどの大きさの欠片がまっすぐに落下してきた。

「あっぶね……！」

茨斗は冷や汗をかく。綱丸が流里の腕の中から飛び降り、その欠片の周りをうろうろと駆け回る。

「かけら、あった」

綱丸のその声に、茨斗たちは思わず顔を見合わせ、揃って頭上を見上げた。そこにはやはり周囲の風景と何の違いもない、ただの闇があるだけだ。

「……どっから降ってきたんですかね？　これ」

「まったくわからんが……」

「智世さん、空でも飛んでるんでしょうかね」

それとも、と流里が欠片を拾い上げながらわずかに眉《まゆ》を顰める。

「この欠片、もしかして智世さんのものではないんでしょうか」

「奥様じゃないとすると誰だ？　まさか宵江様か？」

「敵の思惑は恐らく、宵江さんと僕らを引き離すことでしょう。だったら宵江さんに同じ術を使っているとは考えにくいと思いますよ。万が一にも僕らが術を突破したときのことを考えて、策は二重三重に張っているでしょうから」

とすると、と紘夜は顎《あご》に手をあてる。

「この欠片は罠《わな》の可能性もあるということか……」

「でも罠かもしれなくても、とりあえずやってみるしかないですよね。な、十咬」

茨斗は言って十咬を促す。十咬は頷《うなず》き、巾着《きんちゃく》袋から四つの欠片を取り出した。それを割れ目がぴったり合うように地面に並べていく。あと一欠片分の場所が空いた、丸い鏡。

その残る一箇所を埋めるであろう新たな欠片を流里から受け取り、茨斗は皆の顔を見回す。

「それじゃいきますよ。もし罠だったら俺を恨んでくださいね」

「馬鹿者、恨むなら敵をの間違いだろう」

「僕は茨斗さんもついでに恨みます」

「十咬のそういうところ、僕はとても好きですよ」

各々の好き勝手な言葉に思わず笑ってから、茨斗はよし、とひとつ頷き、屈《かが》み込む。

そして残る一欠片を、丸い鏡の欠けた部分に合わせた。

瞬間、鏡からまるで鉄砲水が噴き出すように強い光が差し——

第六章　入り江から見上げる玄《くろ》い宵の空

——粘ついた闇だ。

智世は心地悪さに身を捩《よじ》った。

手足をばたつかせても、思ったように動けない。まるで墨汁で満ちた池の中にでも落ちてしまったかのようだ。自分が歩いているのか走っているのか、それともただ立ち止まってもがいているのか、それさえもわからない。

不意に息が苦しくなった。肺、いや、もっと下だ。腹だ——下腹がひどく重く、苦しい。

反射的に、痛い、と感じた。それが本当に痛みだったのかはわからない。ただひどく苦しくて、それを痛みだと錯覚したのかもしれない。

苦悶《くもん》の表情を浮かべ、腹を抱える。粘る闇に動きを阻まれ、屈み込むこともできない。

と——ぼこん、と悪い冗談のように、急に腹が膨らんだ。

咄嗟《とっさ》に連想したのは湯が沸騰するさまだった。見る間に腹はさらに膨らんでいく。まるで空気を入れて膨らまされているように。このままでは破裂してしまう、と背筋が冷える。息ができない。苦しい。苦しい——

——びしゃ、と嫌な音がした。

腹の膨らみが急に消えた。あまりにも腹が平らに戻ったので、腹を抱えていた両腕が行き場をなくして闇を掻《か》く。

ふと足もとに目をやると、地面が濡《ぬ》れている。

そこが地面なのかもわからない、が、足もとの闇が何か液体にまみれている。

智世は息を呑《の》んだ。見てはならないものがそこにあるような気がしたけれど、見ないままでいるほうがもっと恐ろしい気がして、恐る恐る足を半歩ずらす。

そこには、何だかよくわからないものが落ちていた。両手に載るほどの大きさの、てらてらと光る丸い何かだ。智世は首を傾げ、それをよく見ようと目を凝らす。

——小さな手、が蠢《うごめ》いた。

両手に載るほどの大きさの丸い肉塊から、にょっきりと生えた手が。

その手の隣にはぽっかりと眼窩《がんか》が空いていて、ぬめぬめと鈍く光る眼球が嵌《は》まっていた。

——その眼球が、ぎょろりと智世を睨んだ。

智世は悲鳴を上げた。

甘い匂いが、鼻先を掠《かす》め、

「――っ！」

智世は思わず後ろによろめいた。

するとその背中を支えてくれる感触があった。力強い腕に促されるまま、何か柔らかい感触のものの上に座り込む。そのまま仰向けに寝そべると、頭の後ろにも柔らかいものが敷かれている。そして眼前には、見慣れた天井が広がっている。

自室だ。玄永家の屋敷の、智世の部屋の天井。

視線を少し左に外すと、窓の向こうには灰色の空が広がっている。雨でも降るのだろうか、窓から見える庭の木々まで灰色に見える気がする。その割には塀の向こうの家々の屋根がいやに鮮やかに――極彩色に見えるようにも思うけれど。

今度は視線を右に向ける。部屋の中も何だか無彩色と極彩色が入り交じっている気がするが、そんなことは気にならなかった。

宵江がこちらに背を向けて屈み込んで、絨毯《じゅうたん》敷きの床に置かれた盥《たらい》に向かって何かをしている。

「……宵江、さん？」

智世は体をほんの少しそちらに傾けた。全身びっしょりと汗をかいている。寝間着の浴衣が肌に張り付いていて、帯は緩んでいるから、何だか拘束感と開放感が同時に感じられて妙な気分だ。

すると宵江はこちらを向いた。彼は家ではいつも和装である。仕事に行くときの三つ揃えのスーツ姿とはまた違って見えて、智世はどちらの彼も好きだ。

宵江はふわりと笑った。表情の変化が一見わかりにくかった彼は、この結婚生活の間に様々な表情をどんどん智世に見せてくれるようになっていた。

「男の子だ」

嬉《うれ》しそうにそう言って、彼は盥に浸《つ》けていた両手を上げた。何かをその中で洗っていたのだ。その——小さな小さな体を包んでいた濡れた手ぬぐいを外し、乾いた手ぬぐいに取り替えてから、彼はそれを智世のほうに差し出してきた。

智世は寝台の上で起き上がり、半ば反射的にそれを受け取る。

赤ん坊だ。今まさに生まれたばかりの、まだ全身真っ赤で、あまりにも小さくて細くて弱々しい——愛らしい人間の赤子。

小さな額に張り付いた黒髪を、恐る恐る指先で撫《な》でてみる。その頼りない感触に、この子を守らねばという気持ちが急激にこみ上げる。

(私……この子を産んだの？　今？)

だからこんなに全身が倦怠感《けんたいかん》に包まれているのか。話に聞いていた痛みは体のどこにもない。夢の中にいるようにふわふわとした心地だ。

実感などまるで湧かない。だが案外こんなものなのかもしれない。お産とはもっと一騒動なのだと思っていたけれど——でもあの妙な悪夢は、出産時のあまりの痛みに意識が遠のいていた間に見た幻だったのかもしれない。

まさか異形の化け物を産んでしまう夢を見るなんて。

今腕の中には、こんなにも可愛らしい赤ん坊がいるのに。

胸がいっぱいになり、思わず宵江を見上げる。すると宵江は赤子ごと智世を優しく抱き締めてくれた。その首筋から何だか甘い匂いがする。宵江はこんな香りの練香を使っていただろうか。

「あなたと俺の子だ、智世さん」

その声には喜びと愛《いと》しさが滲《にじ》んでいる。

智世は微笑み、宵江の肩口に頭を預けた。あまりの心地よさに、ずっとここにいたい、と思った。

彼の肩越しに、部屋の扉が見える。智世にもしものことがあった場合のために開け放してあるようだが、その向こうの廊下はなぜか真っ暗闇に見えた。まだ日は落ちていないはずなのに、なぜあんなにも真っ暗なのだろう。

だが今はそんなことはどうでもいいのだ。彼の腕の温《ぬく》もりに包まれたこの瞬間が――彼と自分に似た姿をした赤ん坊が腕の中にいるこの瞬間が、あまりにも幸福だから。

「俺はずっとあなたの傍にいる」

宵江は優しくそう言った。智世は、心の声が漏れてしまっていたかしら、と少し赤面する。

「しばらくの間、仕事を休んで家にいられるんだ。雨月校長に許可を頂いた」

「まぁ、お父様が？」

「ああ。実は俺がお願いするより先に、雨月校長のほうから提案してくださったんだ。生徒たちも理解してくれているからと」

そうだったわ――と智世はぼんやりと考えた。

宵江は智世の父親が校長を務める高等小学校の教員として働いていたのだった、そういえば。なぜか今の今まですっかり忘れてしまっていた。お産が自分でも思いのほか体に衝撃を与えていて、一瞬記憶が飛んでしまっていたのだろうか。

「いつかこの子を連れて学校にも遊びに来てくれ。生徒たちも楽しみにしてくれているから」

「ええ、ぜひ行きたいわ。ふふ、楽しみがまたひとつ増えたわね」

腕の中で眠る小さな命を、智世は宵江と二人、並んで見下ろす。甘く優しく、穏やかな時間が流れていく。

この時間を絶対に失いたくない、と智世はそう思った。


丸い鏡から噴き出した強い光に包まれたと思った次の瞬間、茨斗たちは暗闇に浮かぶ扉の前にいた。

周囲の景色は今までと変わらない。どこまで続くとも知れない、天も地もない闇だ。

だがそこに唐突に扉があって、その扉が開いている。そしてぼんやりとだが中の様子が見える。何か白い煙のようなものが立ちこめていて、扉は開いているはずなのに、扉の外には一筋も漏れ出してきていない。

茨斗は目を瞬《しばた》かせた。

「……え？　なんか俺たち、いきなり別の場所に転移させられました？」

隣で綱丸を抱いた流里が同じように瞠目《どうもく》している。

「そのようですね。さすがに驚きました。欠片《かけら》をすべて合わせて鏡を完成させると転移の術が発動する仕掛けになっていたようですね」

「敵は一体何のためにそんな仕掛けを……」

今の転移でどっと疲れたのか、紘夜が低く呻《うめ》く。

十咬が空の巾着《きんちゃく》袋をポケットにしまいながら答える。鏡本体は一緒に転送されてきてはいないようだ。

「僕らが鏡の欠片をすべて集めてしまうのは敵にとっても望ましくないことのはずです。ということは……」

「……やっぱあの扉の先は罠《わな》かぁ。いかにも怪しい煙がもくもくしてるもんなー」

「もしくは術者本人があの先で待ち構えているか、でしょうねぇ。僕らをまとめて始末するために」

言って流里は綱丸を地面に下ろし、軍刀の柄《つか》に手をかける。

紘夜も嘆息しながらも同じように軍刀の柄を握った。

「とにかく進むしかないようだな。この暗闇の世界自体が既に敵の術中なのだから、今さら罠を恐れても仕方がない」

「むしろ術者本人なら当たり籤《くじ》って感じですね」

茨斗の声が明るく弾む。が、これは緊張の裏返しである。

十咬も木刀を握り直し、綱丸を皆で守るように囲む。そして扉まで進み、中を覗《のぞ》き込む。

白い煙が充満しているが、煙の薄い部分に目を凝らしてみると、扉のこちらと同じ闇が広がっているように見える。何か物が置いてあるというわけでもなく、壁もなければ天井もない。部屋というわけではなさそうだ。

先頭の茨斗が皆を見回してひとつ頷《うなず》いてから、そっと煙のほうへ手を伸ばす。だがその指先は煙に到達する前に、見えない壁のようなものに阻まれた。茨斗が少し顔を近づけて、拳《こぶし》でこんこんとその見えない壁を叩《たた》く。

「ここも硝子《ガラス》の壁みたいなのがありますね」

「叩き割りますか？」

言うが早いか、流里が軍刀を抜き、勢いよく振り下ろす。だが刀は見えない壁に弾《はじ》かれ、勢い余って流里の手を離れて反対側へ飛んで行った。まさにその軍刀が落下した先にいた紘夜と、流里が軍刀を振り上げて振り下ろす間近にいた茨斗が、瞬時に飛び退いたままの姿勢で抗議する。

「ちょっとぉ！　疑問形で言ったならこっちの返事くらい待ってくださいよ！」

「流里、この、まったくお前って奴は！」

「おや。ここの壁は他のものより随分頑丈なようですねぇ」

「反省しろなんて贅沢《ぜいたく》は言わん、せめて俺たちと会話をしろ！」

言い合う紘夜たちを尻目《しりめ》に、十咬は綱丸とともに見えない壁の向こうに広がる空間へと目を凝らす。

「……あれ？　奥に誰か……」

わう、と綱丸が吠《ほ》える。

「ともよさま！」

「――え⁉」

茨斗たちが揃って扉に齧《かじ》り付くと、確かに煙の奥の暗闇に座り込んでいる人影が見えた。漂う煙が束《つか》の間薄れ、またその人影を覆い隠す、その一瞬の間に全員がその姿を認めた。

あれは確かに智世だ。だが虚《うつ》ろな目でぼんやりと虚空を見つめていた。

何かを――空の両腕に抱いているような体勢で。

茨斗は歯《は》嚙《が》みする。

「この煙、ちょーっと洒落《しゃれ》にならないやつかもですね」

「間違いなく敵の術のひとつだろうな。――全員でやるぞ」

紘夜の言葉に全員が頷き、見えない壁を同時に攻撃する。だが何度斬りつけても、鞘《さや》で殴っても、途方に暮れるほど手応《てごた》えがない。繰り返し攻撃を加えていればいつかは砕けると信じて攻撃を続けるしかないが、果たして本当にそんなことが可能なのかと疑ってしまうほどに、その結界は強固だった。

――まるで、と誰からともなく息を呑《の》んだ。

まるで――術者本人がこの場にいるかのように。

遠隔操作の術とは比べものにならないほどの呪力《じゅりょく》を、この場で行使しているかのように。

煙がゆらゆらと揺れる。智世の姿を露《あら》わにし、また覆い隠し、そして次第に――その場にいるもうひとつの人影をゆっくりと浮かび上がらせる。

こちらに背を向けて、智世に向かい合って立っている、その男の背を。

まるで舞台役者のように時代がかった装束に身を包んだ――神凪《かんなぎ》のような姿をした、その青年の姿を。

「――っあいつが！」

茨斗が犬歯を剝《む》き出しにして、さらに見えない壁を斬りつける。

煙は再び術者の姿を覆い隠してしまう。また智世の姿が淡く露わになる。生きた人形のように生気の乏しい表情で、だがほんの少し微笑んでいるようにも見えた。

茨斗たちがかけられた術のように、やはり智世も何かの幻、否、悪夢を見せられているのだ。いつまでもその場にとどまりたいとこちらに思わせるような、元の世界に戻ることなど思いもよらないような、甘美でおぞましい悪夢を。

しかし茨斗たちにかけられた術は恐らく遠隔攻撃だった。そうでなければ術の世界を突破した途端に間髪を容《い》れず次の攻撃が飛んできたはずだ。そうではなかったということは、術者には茨斗たちよりも優先すべきものがあったのだ。

茨斗たちはそれを宵江だと思っていた。術者が攫《さら》っていったのは宵江だったのだから。だが今ここにいるのは智世だ。煙のどこに目を凝らしても、宵江らしき人影はどこにも見当たらない。

あの煙を吸って智世が術にかかってしまっているなら、この結界を破り煙を薄めるしか方法はない。だがそれを張った術者のほうは、己が張った結界に何度も攻撃が加えられていることに気付いていないはずはないのに、こちらに一瞥《いちべつ》すらくれない。絶対に結界が破られないことがわかっているのか、それとも智世に術をかけることに集中しているのか。なぜその相手が智世なのか。

「智世さん！」

茨斗は叫ぶ。流里の、紘夜の軍刀の一撃がともに弾かれる。十咬が手首の痛みに顔を顰《しか》めて膝《ひざ》をつく。

「俺の声、聞こえますか!?　目を覚ましてください！　早くそこから出るんです！」

と――智世の虚ろな目が微《かす》かに動き、茨斗を捉《とら》えた。

智世と宵江が揃って赤子の寝顔を見下ろしていると、開け放たれたままの扉の向こうに人影が見えた。

何人かいる。先頭にいるのは茨斗だ。無事に生まれたことを聞きつけ、赤子の顔を見にきてくれたのだろうか。だがそれにしては、いやに必死の形相で何かを叫んでいる。そればかりか、部屋と廊下の間にまるで透明な壁でもあるみたいに、何か棒のようなもので部屋の入り口を何度も叩いているのだ。扉は開け放たれているのに。

「――声、――ますか――ましてくださ――」

断片的に言葉が聞こえてくる。耳を澄ませると、次の言葉ははっきりと聞こえた。

「早くそこから出るんです！」

それを聞いた瞬間、智世はあまりに驚いてしまった。茨斗は一体何を言っているのだろう。この幸せな空間から出るだなんて、彼は正気だろうか。宵江の温かい腕のぬくもりも、腕の中の愛《いと》しい我が子も捨てて、部屋の外のあんな――先の見えない暗闇の中に戻るだなんて。

「嫌よ。それはできないわ」

智世は首を横に振る。腕の中で赤子はぐっすりと眠っている。宵江は茨斗のことなど気に留めていないような素振りで、ただ優しく智世と赤子を見下ろしている。智世と同じ——人間の姿をした赤子を。

「だって、ここにいれば……」

智世はうわごとのように呟《つぶや》いた。

「私は悲しい子どもを産まなくて済むんだもの。私のせいで辛《つら》い人生を送る子どもはいなくなるんだもの。だって、ここにいる宵江さんは」

——妖《あやかし》じゃなくて、人間なのだから。


茨斗は智世が虚ろな目をしたままうわごとのように呟いたその言葉に、棒を呑んだように動けなくなってしまった。

流里たちにも聞こえていただろうに、茨斗ほど強い衝撃を受けた様子はない。智世の言葉の裏側に隠された意味に気付いていないのだ。ただ単に、いよいよ子どもを持つことを意識し始めた奥方が、妖に嫁入りしたことに急に不安を覚え、そこを術者につけ込まれたのだと——きっとそう思っている。立ち尽くしている茨斗を尻目に、流里も紘夜も、十咬も、綱丸まで、見えない壁への必死の攻撃を続けている。

(……妖と人間の間に生まれた子どもが、悲しい道を辿《たど》ると思ってるんだ、智世さんは)

よく見れば智世は赤子を抱いているような体勢にも見える。

自分はどうだ。ほんのわずかに人間の血を受け継いだだけの自分は。

自分の奥底には残酷な、妖以下の化け物が眠っている。これが人間の血が混じっている影響でないと証明する方法などどこにあるだろうか。

(――駄目だ。落ち着け、俺。敵に呑まれるな!)

茨斗はきっと前を見据える。

そうだ。人間の血が混じっている影響でないと証明できないのと同じように、これが茨斗という個体が持つ特性でないと証明する方法も、どこにもありはしないのだ。

ならば――茨斗自身が言い張り、行動で示したことこそが真実になる。

茨斗がこれまで以上に、残酷な一面に完璧《かんぺき》に蓋《ふた》をし、そこを明るさや優しさで厳重にぐるぐる巻きに封をしてしまえばいい。

大切な妹のためならば、死ぬまで自分を偽って生きようではないか。

流里の言う通り、それがやがて真実になるまで。

「――智世さん!」

考えるのだ。今窮地にいるこの妹が、一番必要としている言葉は何か。

一番大切に想っているのは誰か。

茨斗自身が目指す、明るく優しい兄という存在ならば、今、彼女にどんな言葉をかけるのか。

「妖だからって……、人間だからって何だよ、今さら!」

茨斗の言葉が、濃霧のような煙の中をまっすぐに貫く。

「智世さんと宵江の絆《きずな》はそんなことじゃ崩れないはずだ。だって智世さんは、宵江の優しさや強さを昔から知ってるはずなんだから！　宵江だってそうだ。そんな二人なんだから、どんなことだって乗り越えられないはずがないだろ！　思い出して――！」

その瞬間、強い雷のような衝撃が、智世の体内を駆け抜けた。

その衝撃のあまりの強さに、思わずきつく目を瞑《つぶ》り――

――目を開くと、夜空が広がっていた。

遠くの空は夕焼けの名残でまだほんの少し橙色《だいだいいろ》に灼《や》けているが、頭の上では星々が瞬いている。すっかり陽が落ちて、もう子どもはとっくに家に帰る時間だ。

それだというのに、目の前にいる少女は、道端に座り込んで泣きじゃくっている。

五歳のときの自分だ、と、智世はすぐに理解した。なぜならばこの日の夕方、智世の人生においてとても大きな出来事があったからだ。智世がその目の異能で、初めて妖の影を見た日。このときはまだそれが何なのかなど知らず、ただ「怖いものを見た気がする」と思った。幼かった智世はそれをお化けか何かなんだと思い――今思えば、結果としてそれは大きく間違ってはいなかったわけだが――、町の中をめちゃくちゃに走って逃げた。それで帰り道がわからなくなったのだ。

幼い小さな体で、道端の植え込みの陰に座り込んでいたものだから、道行く大人は誰も少女がそんな場所にいるとは気付かなかった。けれどそんな智世の存在に気付いてくれた人がいたのだ。

その少年は、とぼとぼと路地を歩いてきていた。

そう——少年はその夜、なぜかこの道を歩いていたのだ。

そして、植え込みの陰で泣いている智世に気付いた。

「……どうしたの？　大丈夫？」

少年はおずおずと声をかけてくる。

あのとき智世はこの少年のことを、自分よりもほんの一つ二つ年上の男の子だと思っていた。後で立って並んだときの背丈が五歳の智世よりほんの少し高いだけに見えたからだ。今思えば、智世は同い歳の少女たちよりも身長が高いほうだった。そしてきっとこの少年はこの頃はまだ、同い歳の少年たちより小柄だったのだろう。

（……そう、だったのね）

智世は胸が温かいものでいっぱいになるのを感じた。じんわりと涙が浮かんでくる。

（このとき……あなたは、私を心配して声を掛けてくれたのね）

せっかく少年が心配してくれたというのに、幼い智世は涙で顔をぐちゃぐちゃにして、それまでしゃくり上げて泣いていたせいでしゃべるのもままならない。「だってぇ」と「あのね」を交互に繰り返すだけで、何が何だかわかりやしない。

少年もさぞ困惑したのだろう、次に何と声を掛けたらいいのか計りかねている様子だ。少見ているこちらがもどかしくなるやり取りを何度かした後、少年は少し黙考した。少女のほうから事情を聞き出すことは不可能だと気付いたのだろう。ずっとしゃくり上げたまま意味の取れないことをふにゃふにゃと繰り返すだけの少女を、じっと見つめている。そして少女と同じ目線の高さにしゃがむと、手を伸ばし、頭を撫《な》でた。

「こわがらなくていいよ」

——その言葉に、智世の胸がまたいっぱいになる。

なぜ、このときの自分が何かに怯《おび》えて泣いていたことに、この少年は気付いてくれたのだろう。なぜ、欲しい言葉をくれたのだろう。

（……理由なんて、わかってるわ）

涙が智世の頰を伝う。

（あなたが、とても優しいから。いつも人のことをよく見て、真摯《しんし》に考えてくれるから）

少年は続けた。幼いなりに、力強く。そして、幼い少女にわかるようにだろうか、まるで嚙《か》んで含めるかのように、優しい口調でゆっくりと。

「いつか、ぼくがきみをまもるからね」

——ひょっとすると、と智世は思う。

この頃から、この少年の本来の一人称は『俺』だったのかもしれない、と。狼の妖は同年齢の人間よりも遙《はる》かに内面が成熟しているという。だからこそ、幼い少女の目線に立って慰めようとするその心が、口調ばかりか一人称さえ気遣わせたのかもしれない。

少女は顔を上げた。我ながらひどい顔だわ、と智世は思わず笑う。あまりに必死な泣き顔に愛《いと》おしささえ感じる。

（……このときの気持ちも、私は忘れてしまってたのね。一生懸命私を慰めてくれるあなたの顔を見て、私――「この子も何か嫌なことがあって落ち込んでるんだ」って気付いたのに）

この時から智世は――彼の動かない表情を見ただけで、その胸に抱えている気持ちがわかったのだ。智世からすれば、手に取るように。

だからこの時、少女は涙を拭《ぬぐ》って、精一杯笑ったのだ。この少年を元気づけてあげたくて。

「あなたがないてるときは、ともよがまもってあげる」

少女のその言葉に、少年は微笑んだ。一見すると表情はまったく変わっていないが、目もとが確かに緩んだ。

（私……そういえばこんなこと言ったわ）

智世は笑う。幼い自分を抱き締めてあげたいほどいじらしく思った。

少年は頭を撫でてくれていた手を引っ込めると、小首を傾げる。

「おうち、どっちかわかる？　おくってあげる」

だが少女は肩を落とし、わかんない、と首を横に振る。

少年はまた黙考し、あ、と何事か気付いて声を上げた。

「いえのひとのなにか、もってる？」

「……？　なにか、って？」

「うーんと……ハンカチとか、かみかざりとか、なんでもいいんだけど」

それなら、と智世は袖《そで》の中をごそごそと探る。取り出したハンカチは、出がけにお手伝いさんが持たせてくれたものだ。

すると少年は、ちょっとかして、と言ってそのハンカチを受け取った。少女が目をまん丸にして見守る中で、少年は、そのハンカチの匂いをくんくんと嗅《か》ぐ。

「いいにおいでしょ」

なぜか少女が誇らしげに言う。確かにこの頃お手伝いさんが持たせてくれたハンカチは、そのお手伝いさんの趣味でいい匂いのするお香と一緒に仕舞われていたから、香りが移って使うたびにふわりと香ったのだ。

少年は頷《うなず》いて、ハンカチを少女に返すと、今度は周囲をくんくんと嗅ぎ始めた。このまるでイヌ科の獣のような動作は、今でこそ智世も見慣れているが、まだ幼い少年が同じ動作をすると何とも愛らしい。

何度か周囲を嗅いで、少年は少し眉《まゆ》を顰《ひそ》めた。結果が芳しくなかったようだ。

「今日はこの姿じゃ鼻が利かない日だな……」

少年は少女に聞こえない程度の小声で独りごちた。

日没後のまだ薄暗い夜空の下、その足もとに落ちた影は——子狼の形だ。

少年はその黒曜石のような瞳《ひとみ》で少女の顔を覗《のぞ》き込むと、真摯な様子で言った。

「ぼくがおおかみになっても、びっくりしないでね」

「おおかみってなに？」

「えっと……、いぬみたいな」

するとと少女の笑顔がぱっと輝く。

「ともよ、いぬだいすき！　あなた、いぬになれるの？」

「うん。ちょっとまってて」

少年は一瞬、意識を集中させるように表情をぐっと引き締めた。次の瞬間にはその姿は玄《くろ》い子狼のものになっている。いつ何がどうなってそうなったのか、やはり少しも見えなかった。巧みすぎる手品のような変化の腕前はこの頃からのようだ。

わあ、と少女は無邪気に喜んでいる。少年が犬のような獣に変身したことがただ嬉《うれ》しい様子で、しきりに背中を撫でている。揺れる尾にも触れたそうにしているが、犬の尾に触れてはいけないとお手伝いさんに言い聞かされていたためか、幼いなりにぐっと我慢している。

子狼はもう一度周囲の匂いをぐるりと嗅ぐと、目当ての匂いを嗅ぎ取ったのか、頭をそちらへ向けた。そして人間でいうと顎《あご》をしゃくるような動作をしてから歩き出し、少女を促す。少女も楽しげに子狼についていく。

遠ざかっていくその後ろ姿を見つめながら、智世は、頰を伝う涙を止められずにいた。

（……私、出会ってたんだ。あのとき、宵江さんと）

――初恋の君、と、以前玄永家の女中のひとりが智世をそう称したことを思い出した。宵江にとって智世は、初めての恋の相手なのだと。

私も、と智世は胸中で叫ぶ。

(私もそうだったんだ。私も――何かで落ち込んでるのに私を慰めてくれた、あのときの男の子のことが好きだった。あのとき、あの子は私に何か美しいものを見せてくれて、その美しいものに、その後の私の心も温かい火が灯《とも》ったみたいにずっと慰められていたの。ずっと忘れてしまっていたけれど、あのとき見た美しいものって、――宵江さん)

――黒曜石の。

(あなたの瞳だったのね)

入り江から見上げる、玄い宵の空。

その名が示す通りの美しい輝きが、それと知らぬまま胸に刻み込まれ――幼い智世は家に帰り着いた後、父の結界によって彼に関する記憶を失ってしまった後でも、夜空を見るたびに心が穏やかに慰められたのだ。

(私の胸には、ずっとあなたがいたのね、宵江さん)

婚礼の日に初めて会ったのだと思っていた頃でさえ、何でも乗り越えられると思っていた。宵江と二人一緒なら。

それが今では、目の前が以前とは比べようもなく大きく拓《ひら》けたような心地がする。

(私ったら――敵の術だとわかってたのに、うっかり呑《の》み込まれちゃうなんて。こんなの妖《あやかし》一族の一員として失格だわ。しっかりしなさいよ、まったく！）

智世は両手で、ぱんっ、と自分の頬を叩《たた》いた。

そして顔を上げる。まっすぐに、自分の目をしっかりと開いて。

（何があっても、宵江さんは私を護《まも》ってくれる。そして私も、何があっても宵江さんを護るわ。どんな姿の子どもが生まれてきたって、その子に悲しい思いなんてさせるもんですか。世界で一番幸せにしてみせるわよ。私は玄永家当主の妻、玄永智世なんですから！）

智世は一度きつく目を閉じ、そしてもう一度開いた。

自室だ。さっきまでいたのと同じ場所。無彩色と極彩色が入り交じる、甘い香りの漂う悪夢。

傍らには宵江がいる。黒い隊服ではなく、当たり前の人間と同じ和装に身を包んだその姿は、確かに宵江と瓜二《うりふた》つだ。――だけど。

（術の中とはいえ、あなたと見間違えるなんてどうかしていたわ）

その瞳はただ黒々とこちらを見下ろしているだけだ。黒曜石の煌《きら》めきはどこにもない。

智世は自分の懐に手を入れた。もう自分の腕の中に、偽りの赤ん坊などいないことはわかっていた。

そして指先に触れたものを引き抜き――宵江の姿をした何者かに向かって腕を振りか

ぶり、振り下ろす。手に握り締めた小柄《こづか》が相手の左胸を直撃するように。

覚悟を決めて突き刺す瞬間、それでもいつの間にか反射的に目を瞑《つぶ》ってしまっていたのだろう、恐る恐る目を開く。

宵江の姿をした何者かには、智世が小柄を刺した部分を起点に亀裂が入っていた。周囲の景色にも同様に、まるで硝子《ガラス》が割れるようにひびが入っていく。

そうしてすべてが粉々に砕け散った後——闇の中にぽっかりと浮かび上がっている見知らぬ青年が、左胸を押さえて蹲《うずくま》っていた。


「——今だ！　突入！」

茨斗の号令に、流里と紘夜、十咬、そして綱丸までが一斉に駆け出す。

智世が宵江から持たされていた小柄を虚空に向かって突き刺したと思ったら、煙の中にいたもうひとつの人影が苦しみ始めた。そしてほとんど同時に煙が文字通り霧散し、扉に張られていた結界が扉ごとふっと消えたのだ。

茨斗も軍刀を構え、術者のもとに向かう。だが術者は苦悶《くもん》に歪《ゆが》んだ顔でこちらを睨《にら》んだかと思うと、煙に紛れて姿を消してしまった。流里と紘夜が背中合わせに軍刀を構えて周囲を警戒するが、煙が晴れ渡っていくばかりで、後にはまた暗闇の空間が広がっているだけだ。

肌が異様に白い男だった。正体は人間の神凪《かんなぎ》ではないかという話だったが、果たして人間の肌があんなにも白いことがあり得るだろうか。街でたまに見かける西洋の人々の肌の白さとは種類がまるで違う。向こう側が透けて見えるのではないかと疑うような——謂《い》わば幽鬼のような白さだ。

茨斗は流里たちと視線を交わす。紘夜が首を小さく横に振ったのを合図に、三人は構えを解いた。敵は退いた、一旦《いったん》仕切り直し、という意味だ。

「——智世様、ご無事ですか」

突入するなり真っ先に智世に駆け寄っていた十咬が、彼女を助け起こしながら問う。綱丸も座り込んだ彼女の足もとを心配そうに歩き回ったり、手の甲を舐《な》めたりしている。

智世は小柄を握ったまま、自分が成し遂げたことが信じられない様子で呆然《ぼうぜん》としていた。

「……敵を、退けたの？　私が？」

「そうです。智世様はご自身の手で、敵に一撃を食らわせたんです」

小柄を握り込んだ智世の手を、十咬が強く握る。

「敵はかなりの痛手を受けた様子でした。術者とはいえ相手は人間、物理的な攻撃としても大きな打撃です。そしてここは術中世界——術者の領域ですから、術者の精神にも大きな攻撃となったはずです」

智世はまだ緊張が解けないような、安堵《あんど》とない交ぜになった顔で十咬を見返す。

「みんなの役に立てたのね、私」

流里が歩み寄り、智世の背中を優しく叩く。

「さすがは我らの大将の奥方様ですね。泡を食って逃げ出すときの敵の顔、見ました？　胸がすっとしましたよ」

「まったくです。こちらの過去の傷を抉《えぐ》るようなあの攻撃には辟易《へきえき》していたので、奥様のお陰で胸がすく思いです」

紘夜もそう同調して頷《うなず》く。

智世は皆の無事を確認するようにこちらを見回す。宵江がここにいないことは何となく察しがついていたのだろう。「宵江さんは？」とは問うことなく、背筋をすっと伸ばしたまま、小柄を懐にしまった。

彼女は、心が強い。

それは茨斗も知っていた。

人間で、しかも特別な訓練など受けることなく普通に育った女性だから、同じ年頃の狼の妖と比べると体はいかにも脆弱《ぜいじゃく》だし、自分の身を守って戦う力もない。

けれど彼女には、簡単には折れない芯《しん》が一本備わっていると感じる。

それは彼女がもともと持って生まれたものかもしれないし、育ってきた環境がそうさせたのかもしれない。ひょっとすると雨月家の神凪の娘だから、玄永家の長《おさ》の宵江がそうであるように、玄永家の眷属《けんぞく》である自分たちもまた、彼女から漏れ出す力の恩恵を知らず知らずのうちに受けているのかもしれない。

だが今、彼女からは——以前にはなかった、何かを感じる。

それは威光と呼ぶにはまだささやかだが、そうとしか称しようのない類《たぐ》いのもの。

何か大きなものを背負って立つ、『長』が持つ特有の雰囲気だ。

「——私、思い出したの」

智世はそう告げた。茨斗たちの顔を代わる代わる見つめながら。

「子どもの頃、宵江さんに出会っていたこと。そしてそこで、お互いのことを護るって約束を交わしたこと」

その逸話は無論、茨斗たちは知っている。特に茨斗は当時、まさにその当日、帰宅した宵江からあれやこれや聞き出したのだから。初めて智世の見合い写真で顔を見たときには、「これが宵江の初恋の相手か」と半ば感動を覚えたものだ。

しかしこの話は、智世が覚えているはずがないものだ。妖に行き会った人間は、その記憶を夢や幻だと思い込むよう、帝国中に結界が張り巡らされている。智世も例外ではない。唯一の例外はその結界を張っている術者——つまり雨月家の当主のみ。

そしてそのことは無論、智世も承知しているはずだ。

だからだろう、智世は緊張をその面持ちに滲《にじ》ませた。当主である父親に何かがあった可能性を真っ先に思い浮かべたのだろう。

だが今はとにかく目の前の暗闇を何とかしなければならない。再び光のもとに戻るために。

智世は顔を上げて、匂いを辿《たど》るような動作をした。まるで狼の妖だ。

「あっちのほうから、あの甘い匂いがする。さっきまでよりも強く感じるわ。私……どうしてかわからないけど、術者の居所が今の私にはとてもよくわかるの。みんな、信じてついてきてくれる？」

茨斗は笑って、智世に手を差し出した。

「当然でしょ。頼りにしてますからね、智世さん」

智世も笑みを浮かべ、茨斗の手を取る。そして強く告げた。

「行きましょう。宵江さんを助け出して、みんな一緒におうちに帰るわよ。——もし敵が宵江さんのもとへ向かったのなら、一刻も早く追いかけないと。敵のことで、ひとつわかったことがあるの。早く宵江さんに伝えなきゃ」

＊　＊　＊

雨月忠雄は椅子の背に全体重を預け、大きく息を吐き出した。

——神凪としては特段の異能を備えることがついぞなかった自分が、生涯で発動させねばならない術は、実は二つあった。

一つは、先代から受け継いだ、この帝国中に張り巡らされた結界を引き継いで、当主の座を退くその瞬間まで維持し続けること。

そしてもう一つは――次の当主への代替わりの儀式だ。

見慣れた書斎の中、机の上には見慣れない道具が散乱している。様々な種類の札、鏡に鈴、そして香。先代から受け継いだやり方の通りについ今しがた、儀式を終えたばかりである。

忠雄の次の雨月家当主である智世へ、代替わりをするために。

過去の文献を読み漁《あさ》っていた中で彼は、過去に神凪同士の諍《いさか》いがあったという事例が記されているのを発見した。その事例によると、当時の当主が代替わりによってより強い力を持つ次期当主に力を明け渡すことで、次期当主の力を増幅させ、敵に対抗して事なきを得たという。加えて、敵がもし次期当主と同等の力を持つ神凪であっても、雨月家当主となれば神凪として格上になる。その分も上乗せされるというわけだ。

たとえよその家に嫁いでも、神凪の家の長は生涯、神凪の家の長だ。

智世に様々なことを説明する時間も満足に取れないままの代替わりになってしまったが、今は非常時だからこれしか方法がなかった。

異能を持たない自分が長で居続けるには、忍び寄る気配があまりに邪悪すぎたのだ。

智世が自分の身を護《まも》り、智世の愛する玄永家の者たちを護るためには、そして邪悪な力に立ち向かうためには、強い力を秘めた智世に忠雄の力を受け渡すのが最善策だと、忠雄は考えたのである。

だが儀式を始めてしばらくして、忠雄は、智世の意識がどこにもないことに気付いた。

力を受け渡そうにも、受け取り手がどこにもいないのだ。それでも忠雄は、いつ智世の意識が戻ってもいいように儀式を行ない続けた。もし万が一、今まさに智世が敵の攻撃を受けてしまっているのだとしたら、忠雄から受け継ぐ力がその先で必ず必要になる。だから忠雄は娘の意識が戻る瞬間に賭《か》けたのだ。

儀式を始めてから何時間も経過したとき、智世の意識が突然戻ってきた。術の受け取り手が急に、濁った水の中から水面に浮上したような感覚だった。忠雄はその瞬間すかさず智世に力を受け渡した。娘が今どこにいるかはわからないが、きっと無事に力を受け取ってくれたことだろう。

彼女は今や、神凪雨月家の長だ。

そんじょそこらの並の神凪などに負けはしない。

再び大きく息を吐いたそのとき、書斎の扉が外から軽く叩《たた》かれる。机の上には儀式の道具が散乱したままだが、忠雄は返事をした。

開いた扉から顔を覗《のぞ》かせた佳子が微笑む。

「あらあら、お疲れさま。長いことかかった大事なお仕事は終わりまして？」

「……ああ。さっき無事に終わったところだよ」

忠雄が微笑み返すと、佳子は珈琲《コーヒー》を載せたお盆を手に入室してきた。そして机の上をちらりと見てから、すぐに視線を外す。

夫が普段とは比べものにならないほど長時間書斎に籠《こも》って、終わるまで入ってこないようにと妻に初めて告げたのだ。きっと何度も珈琲を持って扉の前に来ては、中で真言を唱える夫の様子を窺《うかが》って引き返していたことだろう。

佳子は大変なことなど何もなかったと——何もかもつつがなく進んでいると、こちらに信じさせてくれるような明るい笑顔で告げた。

「それはよかったわ。あなたのお仕事のこと、私は何もわかりませんけど、あなたがこんなにがんばったんですもの。きっと万事うまくいきますとも。私が保証するわ。——さあ、息抜きにしましょうよ。珈琲いかが？」

＊　＊　＊

宵江はふっと目を覚ました。

眠っていたわけでも、気を失っていたわけでもなかったが、そうとしか説明できない。ただ自分が、目を覚ました、という感覚があったのだ。

目を覚ます前も、瞼《まぶた》はずっと開いていた。周囲の景色もぼんやりと見えていた。見ていたわけではない。見えていた、というほかない。

今の今まで、自分は牢獄《ろうごく》に入れられていたはずだった。薄暗く、じめじめと黴臭《かびくさ》かったので、どこか地下に連れて来られたのだと思っていた。

屋敷が闇の襲撃に遭った際、あの術者に捕らえられたことは覚えている。それ以前に、最初に術者の領域に足を踏み入れてしまってからというもの、実は宵江の体はじわじわと術に蝕《むしば》まれていた。宵江がそのことに気付いたのは闇の襲撃のさなか、自分の体が思うように動かないことを自覚してからだった。宵江は最初に術者と邂逅《かいこう》したときからずっと、その術中に囚《とら》われていたのだ。

だが、と宵江は思う。術者の目的が宵江を連れ去ることにあったのなら、最初の邂逅のときに宵江を捕らえていれば済む話だった。なぜわざわざ一度解放し、改めて屋敷を襲撃した上で再び自分を捕らえたのか。

「……智世さん」

呆然《ぼうぜん》と呟《つぶや》く。

目が覚めるより前の——術中に囚われてしまっていた間の、智世に対しての己の振る舞いが、不意に洪水のように脳裏を駆け巡る。

最初の邂逅の折、術者はその領域の中で、宵江の目の前で智世の首を落としてみせた。あんなものはただのまやかしで、こちらの精神を揺さぶるための策のひとつに過ぎなかったはずなのに、頭が冴《さ》え渡った今ならはっきりとそうわかるのに。それでもあの時は術によって、自分が術者の言いなりにならなければ確実にこの未来が訪れてしまうと信じ込まされていたのだ。あれは謂《い》わば洗脳だった。——だからといって。

宵江は唇を噛《か》んだ。鈍い鉄の味がする。

(智世さんを……忘れてしまうなんて)

宵江の振る舞いに動揺しながらも、明らかにその動揺を隠そうと気丈に振る舞っていた、あのときの智世の姿が浮かぶ。

戻らなければ。

四方八方を埋め尽くすこの闇の空間――恐らくはここもあの術者の領域、その術中なのだろう――から出て、仲間たちのもとに。智世のもとに。

そして、謝らなければ。

宵江は立ち上がった。つい先ほどまで、宵江は堅牢《けんろう》な牢獄の中で、四肢を鎖で繋《つな》がれていた。まるで獰猛《どうもう》な獣がそうされるように。

だが今やその牢獄はおろか、鎖すらもどこにもない。すべてが幻だったのだ。どれだけ暴れても引きちぎることができなかったその枷《かせ》が、今やすべて闇に掻《か》き消えている。

智世は、仲間たちは無事だろうか。もし同じような攻撃を受けているのだとしたら。

自分のすべきことはひとつだ。術者を斃《たお》し、皆を連れて帰る。

宵江は注意深く辺りを警戒しながら、軍刀の柄《つか》に手をかける。いつ敵の気配を察知してもいいように。

だが――柄を握り込もうとしたその手を、横合いから伸びてきた真っ白な腕がきつく掴《つか》んだ。

「――！」

息を呑《の》み、飛び退く。咄嗟《とっさ》に身を反転させて距離を取る。

今しがた自分が立っていた場所に、あの浄瑠璃《じょうるり》人形のような、時代がかった装束姿の男が立っている。

(なぜだ――何の気配も、何の匂いもしなかったのに)

そうだ。獣の妖《あやかし》である自分が気付かないはずがないのだ。どれだけ息を潜めていても、生きているものが常に発している波動のようなものに。生きている匂いに。

――生きているものなら、必ず持っているはずのそれらに。

「――おやおや。やはり術が解けてしまっていましたか」

男は初めて会ったときの堂々とした佇《たたず》まいからは考えられない姿だった。外傷があるようには見えないが、左胸を押さえて背は曲がり、今にも倒れそうである。

それは人間が生気を失いかけているというよりも――まるで本当に、人形の糸が切れかかっているかのような。

宵江は男に向かって軍刀を構える。

だが自分に凶器の切っ先が向けられているというのに、男はまるで見えていないかのようににっこりと笑った。

「改めてご挨拶《あいさつ》いたしましょう。私は蘆屋道満《あしやどうまん》様の子孫でございます。どうぞ気軽に、蘆屋、とお呼びくださいませ」

蘆屋と名乗ったその男は、かくん、と骨でも折れたかのような不自然な挙動で一礼してみせる。

だが子孫と言われても、宵江のほうにはその蘆屋道満とやらに心当たりがない。こちらの訝《いぶか》しげな表情に気付いたのだろう、蘆屋は笑みを深めてみせた。

「陰陽師《おんみょうじ》、をご存じですかな」

今まさに斬り合いをしようという場にまるでそぐわない、芝居の台詞《せりふ》でも語るような口調で、蘆屋はそう問いかけてくる。

宵江は蘆屋の硝子《ガラス》玉のような双眸《そうぼう》を睨《にら》み据えたまま、構えを解かずに答える。

「この国でかつて中務《なかつかさ》省、陰陽《おんみょう》寮に属していた官職名だろう。神凪《かんなぎ》をはじめとする異能を持った人間たちがそこに集まっていた」

「ええ、その通りでございます。蘆屋道満様は中務省の陰陽師でございました」

そして、と蘆屋は続ける。

「──雨月の初代当主も」

宵江は息を呑む。雨月家の初代当主が陰陽寮に所属していたという事実は無論知っている。阿倍何某《あべのなにがし》に師事していたという話も。

過去に読んだ膨大な文献の中に、蘆屋道満という名前があっただろうか。宵江は記憶を急ぎ懸命に掘り起こす。何かが繋がりかけている。この目の前の蘆屋という男の、考えてもわからなかったその目的が今、明かされようとしている。

蘆屋はどこか陶酔するように遠くを見た。

「……道満様──道摩《どうま》法師は優秀な術者でした。既に天皇陛下の補佐という栄誉ある地位にありながら、日々さらに上へ上へと向上すべく努力を惜しまぬお方でありました。ですが」

かくん、とまた蘆屋が不自然な動作でこちらを向く。普通の人間の体では不可能な確度に首が曲がっている。

「目の前に立ちはだかったのが、あの悪名高き安倍晴明《せいめい》にございます」

「……悪名だと？」

安倍晴明が悪名高い陰陽師だなどと、少なくとも宵江は聞いたことがない。だが蘆屋は不自然な角度からこちらを睨みつけたまま続ける。

「安倍晴明めはおぞましくも、自分より優れた術者である道摩法師を妬《ねた》み、敵対視し、道摩法師よりも先に実権を握らんとしたのでございます。おお、哀れ道摩法師は安倍晴明めに対抗するには、自らの身に禁術を用いるしかないとまで追い詰められたのでございます」

蘆屋の言葉が熱を帯びる。と同時に、宵江の記憶の淵《ふち》に、かつて読んだ文献の片隅に記されていた情報が浮かんだ。

――蘆屋道満。道摩法師。かつて中務省で安倍晴明と敵対していた陰陽師。悪逆非道の振る舞いを繰り返し、それを見かねた安倍晴明によって――斬首されたという。

蘆屋の演説は続く。

「道摩法師が禁術により力を得てしまえば自分の地位が危ぶまれると焦ったのでござい

ましょう、安倍晴明めの手により、道摩法師は首を落とされてしまいました。ああ、こんな悲劇が許されていいのでしょうか。いいえ、そんなはずはない。だが真に憎むべき仇《かたき》は実行犯である安倍晴明めではないのです」

なぜなら、と蘆屋が拳《こぶし》を握る。尖《とが》った爪が――手のひらの皮膚を突き破っている。それに気付いていないのか、痛みを感じていないのか、蘆屋は止まらない。

「なぜなら安倍晴明めに、道摩法師こそが諸悪の根源であると密告した輩《やから》がいたからです。ある意味では安倍晴明めも被害者であると言えるでしょう。あの恐ろしい一人の女――悪逆非道の悪鬼羅刹《らせつ》、雨月の初代当主の意のままに、道摩法師を殺《あや》めてしまったのですから！」

甲高い叫びとともに、蘆屋が飛びかかってくる。尖った爪を繰り出してくる姿はさながら獣だ。

「なんという悲劇！　私は考えました。道摩法師の無念を晴らすには、初代当主の生まれ変わりを殺すしかないと！」

宵江の攻撃は当たっているはずだ。皮膚にも肉にも軍刀の刃は通っている。だが蘆屋はまるで斬られてなどいないかのように一滴の血も出さず、攻撃の手を止めない。

「道摩法師を殺す手引きをしたあの恐ろしい女は、六道を幾度も輪廻転生《りんねてんしょう》しているはず。じきに再び人間として生まれてくる頃合いであろうと私は気付いたのです。それまでこの影の世界に閉じこもり、私はじっと息を潜めて待っておりました。何年も、何年も――

そしてようやく見つけたのでございます。雨月家の女の神凪が強大な力を開花させたのを。あの女、雨月智世こそが——初代当主の生まれ変わりに違いないと！」

蘆屋は目玉が飛び出さんほどに目を剝《む》いてそう叫ぶ。

宵江は歯嚙《はが》みした。輪廻転生などという人間の考え方は、宵江たち狼の妖の理《ことわり》の中にはない。信じようが信じまいがその人間の勝手だし、智世が実際にその雨月家初代当主の生まれ変わりだったとしても、単にこの男の妄想なのだとしても、どちらだって構わない。

だがその思い込みが、何の罪もない智世を脅かしている。

蘆屋が最初に宵江に狙いをつけた目的も、今ならばわかる。この男は他ならない智世の目の前で宵江を連れ去りたかったのだ。ただでさえ最愛の妻のことを忘却してしまった自分の夫が、あまつさえ手の届きそうな距離のところでむざむざと攫《さら》われてしまう。それを目撃してしまった智世はどれほどの無力感に襲われただろう。どれほど傷ついただろう。

蘆屋の目的は宵江を殺すことでも、まして智世を殺すことでもなかったのだ。

「ああ——憎い、憎いなァ。私はね、あの女が生きることも死ぬこともできず、ただ永遠に苦しみの輪の中でもがき続けることだけが望みなんでございますよ。そのためだけに私は——」

「——もういい」

宵江は低く唸《うな》る。

「もうしゃべるな。……時間の無駄だ」

「……何？」

蘆屋の攻撃の手が止まる。硝子玉のような目を剝いたまま、そのあまりにも白すぎる肌が引き攣《つ》る。

宵江は軍刀を構え直した。そして幽鬼のような男を正面から見据える。

「お前には一欠片《かけら》の容赦も不要だということがわかった。それで十分だ」

「……あなたは……あの女のほうが正しかったと？　道摩法師はあんなにも無惨に殺されたのに？」

蘆屋の声が震えている。この男は本当に、蘆屋道満のことを信じているのだろう。己が産み出した妄想だけが唯一正しい世界の真実なのだと、そう信じ込んでいるのだろう。

かつて安倍晴明と蘆屋道満との間にどんな諍《いさか》いがあったかなど、宵江にはわからない。まして雨月家の初代当主のことも。書物に記されていることだけが真実ではないだろうし、各々に事情も言い分も多分にあったのだろう。もし蘆屋道満が文献通りの悪人だったとしても、彼の家族や部下、友人からの評価はまた違ったのかもしれない。

けれど、それを今さら証明する術《すべ》はない。すべては遥《はる》か昔に過ぎ去った人々の話だ。

何が真実であっても、何が嘘であっても——今を生きる智世が脅かされていいことにはならない。

宵江は静かに答えた。

「どちらが正しかったかなんて、俺にはわからない。俺のなすべきは、お前の何の意味もない復讐《ふくしゅう》から、俺の大切な人を護《まも》ることだけだ」

だが——男は既に、自らの憎しみに呑《の》み込まれてしまっていた。

「……なんで、だよ。なんでわからねぇんだ」

呆然《ぼうぜん》と、蘆屋の口から言葉がこぼれ落ちる。人形のような仮面の剝《は》がれた言葉が。

硝子玉の双眸が宵江を睨みつける。

「俺ァよ、道摩法師を慕ってたんだよ。たしかにあの人ァ、どうしようもねぇところもある人だったよ。晴明の奥方に横恋慕して夜這《よば》いした時ァ、さすがに肝が冷えたぜ。だがよ、相手の女だって嫌がっちゃいなかったんだ。道摩法師を嬉《うれ》しそうに泣き叫びながら受け入れてたんだぜ。俺ァ道摩法師の命令で暴れる女の腕をずっと押さえつけてたから、ちゃんと見てたんだ。それをあの雨月の女はよ、晴明の奥方に泣きつかれたとかで、あることないこと晴明に吹き込みやがって——あの女さえいなけりゃ、道摩法師は死ぬこたァなかった。だから俺は」

言葉は途中で止まった。

宵江の刃《やいば》が、蘆屋の口に押し当てられていた。

「時間の無駄だと言ったのが聞こえなかったのか」

刃が蘆屋の真っ白すぎる肌に食い込む。斬れているはずなのに、一筋の血も出ない。

こんなに近づいているのに――呼気のひとつも感じない。

「お前は蘆屋道満の子孫などではない。――傍に仕えていたんだな」

遙か昔の時代の陰陽師に仕えていた神凪《かんなぎ》。

その着物の襟に隠れていた、首の付け根が見える。

そこには――まるで一度落ちた首を縫い合わせたかのような痕《あと》が、首にぐるりと一周ついていた。

お前は、と宵江が唸る。

「かつて蘆屋道満と一緒に斬首された男の――幽鬼のなれの果てだ」


――違うな、と蘆屋が嗤《わら》った。

「半分正解だ。だがな、俺は幽鬼なんかじゃねぇ」

蘆屋は宵江の刀の、その刃を握る。そしてぐっと自分のほうへ近づける。皮膚が、肉が斬れていくのが見えるのに、やはり一滴の血も出ない。

「言ったろ、道摩法師は晴明に対抗するために禁術を使おうとしたって。俺ァよ、道摩法師のお役に立つために、道摩法師がその禁術を使う前に自分の体で試したんだよ。結果的に道摩法師の禁術使用は晴明によって阻止されちまったが、俺までは警戒されていなかった。だからよォ――」

蘆屋は宵江の耳もとに顔を近づけ、企《たくら》みごとを共有するかのように囁《ささや》いた。

「首が飛ばされてしばらく経って、その禁術が発動したってわけだ。発動するまで何年もかかったよ、その間にあの女が寿命で死んじまうぐらいにな。既に仇《かたき》を失っちまった世界で、俺は蘇《よみがえ》ったんだ。生きながらにして死んでいる、死にながらにして生きている——そういう存在としてな」

——生ける屍《しかばね》。

人間の死体に術をかけ、まるで人形のように意のままに動かす、神凪の禁術。

海の向こうの大陸では、かってそんな死体たちを統率した軍のようなものもあったという。

その術を自らに施そうとしていたということは、蘆屋道満は永遠の命、不死の体を手に入れたかったのか。

ともかくもこの男は、その術によって幽鬼よりも劣るものに成り果てて——自らの術中であるこの闇の世界に潜んだまま、虎視眈々《こしたんたん》と待っていたのだ。

自らの妄想が作り出した敵の再来する時を。

自らが妄信する主《あるじ》の名だけに縋《すが》り、——千年近い時間を漂いながら。

「殺してみろよ」

蘆屋が嗤う。悪夢のように。

「俺を殺してみろよ。殺せるもんならなァ」

自らの悪夢に籠《こも》って。見ず知らずの相手を敵だと思い込み、憎しみを募らせて。

首を落とされるほどの所業に加担していた自覚も持てないほど、己の主に心酔してしまったのが始まりの、ただただ哀れな——化け物だ。

「……望み通り、殺してやる」

宵江は至近距離から蘆屋を睨《にら》み据えたまま、目にも止まらぬ速さで軍刀を翻した。

次の瞬間、その切っ先は蘆屋の左胸に深々と突き刺さっていた。

「帝都を脅かす妖《あやかし》の討伐が俺の任務だ。——そこに化け物が一人加わったところで、大した違いもないだろう」


神凪の気配と甘い匂いを辿《たど》って、智世は闇の中を駆ける。

どこまで続くとも知れない暗闇は、もし何の手がかりもなく彷徨《さまよ》っているだけならば、自分が今どこを歩いているかも、どこに向かっているかも——あるいは元いた場所に戻ってしまっているかどうかすらわからず、途方に暮れて立ち尽くしていただろう。

それでも、と智世は後ろを振り返る。

先導する智世を信じて、ついてきてくれている仲間たち。

彼らは獣の妖《あやかし》としての能力が平時よりも封じられた中で、少ない手がかりを頼りに智世のもとへ辿り着いてくれた。そして悪夢の中で永遠に彷徨おうとしていた智世を、その強い言葉で救い出してくれたのだ。

力強さに後押しされ、智世は普段ならばとっくに音を上げていたであろう距離を走る。

それに、何だかいつもよりも体が軽い気がする。

あの雷のような衝撃が体を駆け抜けた後からだ。

「――こっちよ！　あと少し！」

濃厚な甘い匂いに頭がくらくらする。だがもうこの香りに惑わされはしない。どうしてか、この術はもう自分には通用しないという確信がある。

玄永家の屋敷で宵江が連れ去られる直前、智世は確かに宵江の影を見た。そしてその傍らに必ずあるはずの術者の影はどこにもなかった。

それが意味するところはひとつだ。術者である神凪は禁術を使ったのだ。

智世は人ならざるものの、目に見える姿とは違う正体の形を、その影を見ることで判別する異能を持つ。その異能の目に映らなかったということは、その術者はもうこの世に存在しないもの――死人ということになる。

雨月家においては代々当主にのみ受け継がれるはずのその情報を、今、智世は知っていた。

甘い匂いが濃厚になる。

これは禁術の匂いだ。

智世の頭に新たに書き込まれた知識がそう言っている。

禁術に用いる道具の中には、妖の死骸《しがい》と人間の死骸とをまぜて作った香がある。――

これは、その香の匂いだ。禁術を用いた神凪が発する匂いだから、同じ神凪である智世にだけ嗅《か》ぎ分けられたのだ。

「いました！　あそこです！」

後ろを走っていた茨斗の目が、遙か彼方《かなた》の宵江を視認する。

流里たちにも見えたのだろう、軍刀を抜き、茨斗が示すほうへと一散に駆ける。

本気を出して走り始めた茨斗たちには、さすがに智世の脚では追いつけない。前を行く茨斗が振り返り、悪戯《いたずら》っぽい表情で智世のほうへ戻ってくる。

そしてそのまま、軽々と智世を抱き上げた。

「……やっぱりこうなるのね」

智世は思わず嘆息する。帰ったら足腰を鍛えようかしら、と呟《つぶや》くと、茨斗は声を上げて笑った。

「智世さんが得意なことは智世さんに頼ってるじゃないですか。その代わり俺たちが得意なことは俺たちがやるんで、そこは任せてください」

「でも斬り込み隊長の役目を奪っちゃってるわ」

「俺だってたまには流里さんや紘夜さんにいいところを譲ってあげないと」

「僕もいるんですけど」

「わう！」

「お前らは軍刀持てるようになってから言えっつーの」

十咬と、その腕の中にすっぽり収まっている綱丸からの一言を、茨斗がばっさりと切り捨てる。

本気で駆ける茨斗の速さは、相変わらず智世が思わず首にしがみついてしまうほどだった。今は暗闇だからわからないけれど、もし周りの風景が見えていたら、そのあまりの速さに気を失っていたかもしれない。やはりさっきまではよほど手加減して智世の脚に合わせてくれていたのだ。

と、その脚の速度が緩んだ。見れば前方で流里と紘夜が立ち止まり、軍刀を構えている。その先に宵江がいる。

「宵江さ――」

宵江が自分を忘れてしまっていることよりも、再び出会えたことがまず嬉《うれ》しかった。その喜びのまま呼ばわろうとして、智世は思わず息を呑《の》む。

宵江の隣に誰かがいる。

否、正しくは――こちらに背を向けた状態の宵江の体に重なるように、正面に。

その背中からは刃が生えている。宵江の軍刀が貫いているのだ。

辺りには、あまりにも濃い、むせかえるほどの甘い匂いが立ちこめている。

あの術者だ。狩衣《かりぎぬ》姿の神凪《かんなぎ》。生ける屍。

心臓を貫かれているはずのその術者の、異様に白い顔が――嗤《わら》った。

まるで本当に浄瑠璃《じょうるり》人形のように、本来は美しかったのであろうその顔が、今や口が耳まで裂け、尖《とが》った歯列を剝《む》き出しにし、硝子《ガラス》玉のような目玉をこぼれ落ちそうなほど見開いた鬼の形相になっている。

「──鏡よ！　宵江さん！」

智世は夢中で叫ぶ。

術者の鋭い爪が、宵江の死角から、その首に迫っている。

「禁術には香と、鏡を使うの！　だからきっとその術者も──！」

智世が言い終わるより先に宵江が動いた。

術者の左胸を貫いていた刃を、そのまま向かって左に動かす。術者の右胸に到達するように、その胸を横一文字に斬り裂く。

もし鏡映しであったならば、心臓があるであろう場所に向かって。

そして右胸の、その場所に到達した瞬間──術者の動きが止まった。

裂けた口で、目を見開いて──斬り裂かれた胸から一滴の血も流さないまま、目玉だけがぎょろりと智世のほうを向く。

「憎い」

術者は短くそう告げた。千年分の憎悪を、智世にぶつけんばかりに。

智世は口を引き結んで、ただ男を見返す。返す言葉はない。私もあなたが憎いと言い返すのも、気持ちはわかると寄り添うのも、ましてごめんなさいと謝罪をするのも違うと思った。

智世にはこの男の蓄積した憎悪を受け取ることはできない。

受け取ってしまった後、突き返すことも、放り捨ててしまうことも、きっと自分にはできないから。

それをただ態度で示すことだけが、今この瞬間、智世がこの男にしてやれることのすべてだ。

「憎い。……憎……い……」

男はそう呟いたきり、糸の切れた人形のように動かなくなった。

宵江が軍刀を引き抜くと、その体に細かく亀裂が走る。まるで硝子のひび割れのように。

同時に周囲の暗闇にも、白い光の筋のように亀裂が入っていく。

術が解けるのだ。ようやく、光のもとへ戻れる。皆で暮らす、あの家へ。

「――宵江さん！」

茨斗の腕の中から飛び降り、智世は叫ぶ。

軍刀を鞘《さや》に収めた宵江が振り返る。

その目もとが緩む。黒曜石の瞳《ひとみ》が煌《きら》めく。

「智世さん」

広げられたその腕の中に、智世は飛び込んだ。

きつく抱き締められ、涙が溢《あふ》れる。

頬をすり寄せると、隊服の下に確かな温かさを感じた。

――ああ、もうこの先何が来ても、きっと何でも乗り越えられる。
宵江と二人一緒なら。

第七章　結び

小さな木製の額に入れられた三枚の紅葉を、智世は愛《いと》おしげに眺めた。

蘆屋道満の側仕えだった神凪――生ける屍《しかばね》が起こした騒ぎから、およそ一年が経った。

あの騒ぎが終結した直後、闇の術中から玄永の屋敷に戻ってきた智世たちは、敷地内の植栽という植栽が切り落とされていたことにまず驚いた。先代当主の奥方の形見である薔薇《ばら》までもが切られていたが、そのお陰で明かりが尽きることなく、誰ひとり闇の術に取り込まれてしまうこともなく、術の影響を受けてしまった者たちも後遺症などに苦しむことなくすぐに回復することができたという。

植栽の植え替えや修復を経て、一年経った今ではすっかり元通りだ。――中庭の薔薇以外は。

薔薇だけは、ほんの少し残った枝をそのままにして、大切に育て続けている。術で負荷がかかってしまった影響だろう、その年の秋には一輪の花もつけることはなかったが、この春には美しい花を咲かせてくれた。

なくなってしまったと思っていた三枚の紅葉は、元通り応接室の飾り棚の上にあった。

　茨斗たちは「やっぱり」としきりに頷《うなず》いていた。聞けば三女神の匂いは応接室以外のどこからもしなかったというのだ。恐らくは闇の世界で見せられた幻のように、本当は紅葉は三枚ともずっとそこにあったのに、なくなったと思い込まされていたのだろう。

　智世が赤ん坊のことで動揺する大きなきっかけとなったあの芝居のチラシも、家中捜してもどこにもなかった。紘夜に確認しても、どこかの芝居小屋でそんな芝居が打たれるという話は聞いたことがないという。であればあのチラシも、恐らくは幻だったのだろう。

　父であり雨月家の当主――否、先代当主である忠雄と此度《こたび》の騒動について話すうち、蘆屋の思惑に智世がいかに翻弄《ほんろう》されてしまったかが浮き彫りになった。

　忠雄が最初に感じたよからぬものの気配は、恐らくは蘆屋がわざと気付かれるために発した信号のようなものだった。特別な異能がなくとも忠雄は雨月家当主、だから誰よりも、妖《あやかし》である宵江たちよりも先にその信号を察知したのだ。その気配を警戒した忠雄が宵江を連れて調査に出ることも敵の思惑通りだったというわけである。

　玄永家に張られた結界を蘆屋に突破され、敷地内が暗闇に閉ざされてしまったのも、恐らくは智世を媒介にして侵入されたのだろうと二人は結論づけた。三枚の紅葉や芝居のチラシ、夜毎繰り返し見せられたあの悪夢、そして極めつきに宵江の記憶を奪うことによって智世の精神をじわじわと蝕《むしば》み、徹底的に弱らせ、その隙を衝《つ》いて侵入してきたのだ。

すべては智世が永久に苦しむ姿を見たいがため。――己が敵と思い込んでしまった赤の他人を陥れるためのものだったのである。

どこまでも卑劣で、残忍で――哀しい存在だ。

智世には蘆屋の気持ちを真に理解することはできない。それでももし自分が同じように誰かのせいで宵江を失い、禁術によって千年の時を漂っている生ける屍であるとしたら、蘆屋と同じようになってしまわないという自信もどこにもない。

蘆屋の所業は許されることではないけれど、だからこそ、深く考えさせられる出来事だった。

ともあれあの一連の事件を経て、三枚の紅葉は今、智世の手もとにある。

ある日を境に茨斗たちから、やはり応接室ではなく智世の部屋に置くべきだと強く説得され、今では智世の部屋の鏡台の上が定位置だ。

中庭を見渡せる縁側に座り、部屋から持ち出した紅葉の額を傍らに置いて、清々《すがすが》しい初夏の風を浴びる。

梅雨の合間の晴れ間が、智世は好きだ。

雨の日に茨斗や十咬とおやつを食べながら、部屋の窓を打つ雨音を聞くのも。

曇りの日に天気を気にしながら流里と洗濯物を干すのも。

蒸し暑い夜中に起き出して、徹夜仕事中の紘夜と冷たい茶を飲むのも。

雪の降る日に綱丸と散歩に出て、舞い落ちる雪片を一緒に追いかけるのも。

この家で家族と一緒に過ごすすべての時間が、智世にはかけがえのない大切な、愛おしい時間だ。

そして——何よりも。

「智世さん」

世界で一番大好きな声で名を呼ばれて、智世は顔を上げる。

宵江が小鉢の載ったお盆を持ってこちらにやってくるところだった。

彼は智世の隣に座ると、お盆を智世に差し出す。小鉢にはおいしそうなひじき煮が盛られている。

「昼にあまり食べられなかっただろう。これならどうかと思って」

ありがとう、と智世は微笑む。確かに昼間は少し具合が悪く、せっかく女中たちが用意してくれた昼食をあまり食べることができなかったのだ。

「ちょうどお腹がすいてきたところだったの」

「そうか、よかった。ほうれん草や大豆がいいと聞いたから入れてもらったんだ」

確かに小鉢の中には色とりどりの食材が躍っている。さぞかし栄養満点だろう。

これらの食材がこちらの体にいいという話を聞きつける宵江も、その食材をおかずに入れてほしいと頼んでくれる宵江も、想像しただけで愛おしくて智世は思わず笑った。

一口食べ、その滋味に満ちた優しい味わいを堪能《たんのう》する。

「ん～、おいしい！」

宵江はほっとしたように目もとを緩めた。そしてこちらの様子を窺《うかが》っている。何だかうずうずしている様子だ。

こんな様子の宵江を、最近特によく目にするようになった。

もし今尻尾《しっぽ》が出ていたなら、ぱたぱたと振っていたに違いないと思うような表情だ。

「智世さん。……その」

意を決したように宵江が言う。

何度もこのやり取りを繰り返しているのに、いつまで経っても少し緊張するらしい。

「お腹を、触ってもいいだろうか」

何か大ごとを打ち明けるようなその物言いに、智世は思わず噴き出した。

小鉢と箸《はし》をお盆の上に置き、笑いを堪《こら》えながら宵江のほうを向く。

「はい。どうぞ、お父さん」

宵江は、もし今耳が出ていたなら、ぴんと立てた後にぴこぴこと動かしたに違いないと思うような顔で目を輝かせた。

その黒曜石の輝きに、――お腹の子にも、早くこの美しいものを見せてあげたいなと思う。

宵江は身を屈《かが》め、恐る恐る智世の腹に触れる。大きく膨らんだそこに。

その壊れ物を扱うような手つきに反して、お腹の中からは、ぽこん、と大きな反応がある。こちらの内臓が圧迫されるその動きすらも、智世には微笑ましく感じる。

「動いた」

宵江の声が弾む。心なしか頬がわずかに紅潮しているような気もする。

智世は宵江の手ごと包み込むようにして、ぽん、ぽん、とゆっくりお腹を軽く叩《たた》きながら、歌を口ずさんだ。

宵江の腕が智世の肩を優しく抱き寄せる。智世も宵江の胸に身を預ける。

穏やかで温かい時間が流れる中——突如、その微睡《まどろ》みのような心地よさを破る声が上がった。

「——あ！　智世様、またこんなところに！」

叫びながら廊下を駆けてきたのは十咬だ。手には薄手の毛布を抱えている。同じく駆けてきた綱丸が、智世の腹を見つめながら嬉《うれ》しそうにぴょんぴょんと駆け回る。

十咬は駆け寄ってくるなり毛布を広げ、智世を包んだ。

「お体を冷やしてはいけないって何度も言ってるじゃないですか！」

「でも十咬くん、今日は夏みたいに暖かいし——」

「宵江様も、お食事なら風の当たりすぎないところにしてください！」

「あ、ああ、すまない」

十咬のあまりの剣幕に、さすがの宵江もたじたじだ。

すると今度は流里や茨斗、紘夜までやってきた。三人ともお盆を携えている。

「智世さん、白湯《さゆ》をお持ちしましたよ」

「小魚がいいって聞いたんで、いりこ煎《い》ってきましたー！　なんか失敗してちょーっと爆発しちゃったんですけど、まぁ大丈夫ですよね」

「爆発した魚を奥様に出そうとするな！　まったくお前という奴は……」

彼らは毎日この様子だ。腹の子が気になって仕方がないようで、入れ替わり立ち替わり智世の世話を焼いてくれる。

早くあなたに会いたいわ、と智世は己のお腹に胸中で語りかけた。

この子がどんな姿で生まれてきても――人間であっても、狼の妖であっても、そのどちらの特性を引き継いでいても、どちらも引き継いでいなくても――ここにはこんなにたくさんの、この子を愛してやまない家族がいる。

これからどんな心躍る素敵な日々が待っているだろうか。

智世が来たる未来に思いを馳《は》せた――その時だった。

「――痛っ！」

急に月のもののような鈍い痛みが腹を走り、智世は思わず腹を抱える。

顔がみるみる蒼白《そうはく》になり、冷や汗が垂れる。

――今朝から予兆はあったのだ。もしかしたら今日かもしれないと。

しかしいざその時が目の前に迫ると、心臓が急激に早鐘を打ち始める。

いよいよだ、と智世は唾《つば》を呑《の》む。

誰に教えてもらわずともそう悟った。

「……うま……」

茨斗が首を傾げる。

「馬？　いやー、馬肉ってそんなすぐ手に入るかな？　ちょっと肉屋覗《のぞ》いてきま――」

「……産まれる……！」

「――ええっ⁉」

――結婚に夢を見たことはなかったけれど。

どんな夢よりも素晴らしい未来への扉が今、またひとつ、開かれたのだ。

本書は書き下ろしです。

贄《にえ》の花嫁《はなよめ》
黒《くろ》い夢《ゆめ》と願《ねが》いの子《こ》
沙川《すなかわ》りさ

令和4年 12月25日　初版発行

発行者●山下直久

発行●株式会社KADOKAWA
〒102-8177　東京都千代田区富士見2-13-3
電話　0570-002-301（ナビダイヤル）

角川文庫 23377

印刷所●株式会社暁印刷
製本所●本間製本株式会社

表紙画●和田三造

●お問い合わせ
https://www.kadokawa.co.jp/（「お問い合わせ」へお進みください）
※内容によっては、お答えできない場合があります。
※サポートは日本国内のみとさせていただきます。
※Japanese text only

ISBN 978-4-04-113019-3　C0193

◇◇◇

角川文庫発刊に際して

角川源義

第二次世界大戦の敗北は、軍事力の敗北であった以上に、私たちの若い文化力の敗退であった。私たちの文化が戦争に対して如何に無力であり、単なるあだ花に過ぎなかったかを、私たちは身を以て体験し痛感した。西洋近代文化の摂取にとって、明治以後八十年の歳月は決して短かすぎたとは言えない。にもかかわらず、近代文化の伝統を確立し、自由な批判と柔軟な良識に富む文化層として自らを形成することに私たちは失敗して来た。そしてこれは、各層への文化の普及滲透を任務とする出版人の責任でもあった。

一九四五年以来、私たちは再び振出しに戻り、第一歩から踏み出すことを余儀なくされた。これは大きな不幸ではあるが、反面、これまでの混沌・未熟・歪曲の中にあった我が国の文化に秩序と確たる基礎を齎らすためには絶好の機会でもある。角川書店は、このような祖国の文化的危機にあたり、微力をも顧みず再建の礎石たるべき抱負と決意とをもって出発したが、ここに創立以来の念願を果すべく角川文庫を発刊する。これまで刊行されたあらゆる全集叢書文庫類の長所と短所とを検討し、古今東西の不朽の典籍を、良心的編集のもとに、廉価に、そして書架にふさわしい美本として、多くのひとびとに提供しようとする。しかし私たちは徒らに百科全書的な知識のジレッタントを作ることを目的とせず、あくまで祖国の文化に秩序と再建への道を示し、この文庫を角川書店の栄ある事業として、今後永久に継続発展せしめ、学芸と教養との殿堂として大成せんことを期したい。多くの読書子の愛情ある忠言と支持とによって、この希望と抱負とを完遂せしめられんことを願う。

一九四九年五月三日

贄《にえ》の花嫁

優しい契約結婚

沙川《すなかわ》りさ

大正ロマンあふれる幸せ結婚物語。

私は今日、顔も知らぬ方へ嫁ぐ——。雨《う》月《づき》智《とも》世《よ》、20歳。婚約者の玄《はる》永《なが》宵《しよう》江《え》に結納をすっぽかされ、そのまま婚礼の日を迎えた。しかし彼は、黒曜石のような瞳に喜びを湛えて言った。「嫁に来てくれて、嬉しい」意外な言葉に戸惑いつつ新婚生活が始まるが、宵江は多忙で、所属する警察部隊には何やら秘密もある様子。帝都で横行する辻斬り相手に苦闘する彼に、智世は力になりたいと悩むが……。優しい旦那様と新米花嫁の幸せな恋物語。

角川文庫のキャラクター文芸

ISBN 978-4-04-111873-3

斉《せい》国《こく》札《ふ》術《じゅつ》士《し》録《ろく》

活版書房と札見習い

九条菜月

落ちこぼれ術士と美形記者が街中の悪事を暴く!

黒い炎を纏う獣――“妖《よう》”を唯一退治できるのは、神木札を扱える札術士《ふじゅつし》。18歳の朱雨露《しゅうろ》は、名門の札術四家に生まれたにもかかわらず、落ちこぼれとして周囲から冷たい目を向けられている。ある日、長兄から黄土版の記者・呂天佑《りょてんゆう》の護衛を頼まれた。商家の跡取りと門閥貴族の奥様の密通を記事にして以来、命を狙われているとのこと。雨露は、常に行動を共にするうちに、天佑の隠された過去に気づき……刺激的な中華ファンタジー開幕！

角川文庫のキャラクター文芸

ISBN 978-4-04-111519-0

結界師の一輪華2

クレハ

居場所を見出し始めた華に新たな波瀾が？

幼い頃より虐げられてきた少女・華《はな》は、強い術者の力を隠して生きてきた。だが本家当主で強力な結界師である一《いち》ノ宮朔《みやさく》に迫られ、華は契約嫁として日本を護る柱石の結界強化に協力する。なぜか朔から気に入られ、結婚は解消できずにいるが、華は朔のおかげで本来の自分を取り戻し始めていた。そんな中、術者協会から危険な呪具ばかりが盗まれてしまう。朔との離婚を迫る二条院《にじょういん》家の双子も現れ……？　大ヒット、和風ファンタジー！

角川文庫のキャラクター文芸

ISBN 978-4-04-112648-6